Bowser the Hound

猎犬鲍泽

[美] 桑顿·W.伯吉斯 著   王立言 译

中国画报出版社·北京

图书在版编目(CIP)数据

猎犬鲍泽 /（美）伯吉斯著；王立言译. -- 北京：中国画报出版社, 2018.4
 ISBN 978-7-5146-1505-0

Ⅰ.①猎… Ⅱ.①伯… ②王… Ⅲ.①童话—美国—现代 Ⅳ.①I712.88

中国版本图书馆CIP数据核字(2017)第321212号

猎犬鲍泽

[美]桑顿·W.伯吉斯 著　　王立言 译

出 版 人：于九涛
责任编辑：代莹莹
版式设计：詹方圆
责任印制：焦　洋

出版发行：中国画报出版社
地　　址：中国北京市海淀区车公庄西路33号　邮编：100048
发 行 部：010-68469781　010-68414683(传真)
总编室兼传真：010-88417359　版权部：010-88417359

开　　本：32开(787mm×1092mm)
印　　张：5.75
字　　数：67千字
版　　次：2018年4月第1版　2018年4月第1次印刷
印　　刷：三河市文通印刷包装有限公司
书　　号：ISBN 978-7-5146-1505-0
定　　价：25.00元

出版说明

为了使读者朋友们全面了解这套动物小说,特作如下说明。

关于作者:桑顿·W.伯吉斯(1874—1965)是美国国宝级儿童文学大师,世界三大动物小说大师之一。另外两位动物小说大师是欧内斯特·汤普森·西顿和亚瑟·贝雷。

桑顿·W.伯吉斯的动物小说主打"温情",欧内斯特·汤普森·西顿的动物小说主打"悲情",亚瑟·贝雷的动物小说主打"恩情"。三种动物小说风格各异,蔚为大观,共同构成了20世纪前半叶世界动物小说的美丽画卷,促成了20世纪50年代后动物小说流派的开枝散叶和开花结果。动物小说创作的兴起和发展,赖此三子;动物小说的受欢迎和热销,亦赖此三子!

1874年2月14日,桑顿·W.伯吉斯生于马萨诸塞州的桑威奇。同年,他的父亲病逝。从此,他与母亲相依为命,母子二人生活清苦。童年时,他就放牛,摘野草莓,收野浆果,从池塘里运水莲,卖糖果,抓麝鼠……

桑顿·W.伯吉斯的第一位雇主是威廉·C.奇普曼。威廉·C.奇普曼的居住地遍布森林和沼泽,是野生动物生活的天堂。优美的环境深深地印在小伯吉斯的脑海里，后来激发了他无限的创作灵感。他的作品中的许多地点，譬如哈哈溪、微笑池塘、格林森林、格林牧场、蔷薇丛等，莫不与其童年的经历有关。

1891年，桑顿·W.伯吉斯毕业于桑威奇高中。1892年到1893年，他在波士顿一所商科学校短暂学习过一段时间。不过，他对商科不感兴趣，一心想成为作家。最后，他选择了菲尔普斯出版公司（Phelps Publishing Company），担任编辑助理。

1905年，桑顿·W.伯吉斯与妮娜·奥斯本喜结连理。遗憾的是，一年后，妮娜·奥斯本去世了，留下一子。据说，桑顿·W.伯吉斯之所以创作动物小说，是因为他想通过给儿子讲故事，陪儿子长大。1911年，桑顿·W.伯吉斯再婚。他的妻子叫范妮。范妮结过一次婚，嫁给桑顿·W.伯吉斯时已经是两个孩子的母亲了。1925年，夫妇二人在马萨诸塞州的汉普登买了一所房子。桑顿·W.伯吉斯在这里一住就是三十二年，直到1957年。其间，他常回桑威奇。他经常说，桑威奇是他的精神家园。桑威奇的经历，桑威奇的熟人，都强化了他的创作志趣，促进了他的文学风格的形成。五十年来，他笔耕不辍，著作等身，其中出版的动物小说就达一百七十种，为日报专栏写的动物小说故事就更多了，超过了一万五千篇。1960年，桑顿·W.伯吉斯最后一本书《业余自然主义者自传》（*Autobiography of an Amateur Naturalist*）面世，讲述了他从懵懂顽童走向文学生涯巅峰的故事。1965年6月5日，桑顿·W.伯吉斯病逝，享寿九十一岁。

关于作品：本次出版桑顿·W.伯吉斯的作品共十二册，分别是《快乐的松鼠杰克》、《兔子彼得夫人》、《狐狸奶奶》、《猎犬鲍泽》、《大熊巴斯特的双胞胎》、《麝鼠杰里在微笑池塘》、《乌鸦布雷奇》、《水貂比利》、《小水獭乔》、《森林鼠怀特富特》、《长腿苍鹭》和《鹿莱特富特》。每本书都以一个小动物为主题，讲述了跌宕起伏的冒险故事，演绎了"温情"这个主旋律。无论主角还是配角，都向往"公平"和"友好"。大自然母亲，西风妈妈和她的孩子们——快乐的小微风，太阳公公，月亮婆婆，北风哥哥和冰霜杰克等配角莫不如此，更不用说快乐的松鼠杰克等主角了。此外，伯吉斯将"环保理念"融入了小说。随着伯吉斯动物小说影响的不断扩大，"环保理念"进入千家万户，积极地推动了20世纪50年代后环保主义、自然保护主义和可持续发展主义的兴起。

关于版本：本书依据纽约格罗塞&邓拉普（GROSSET & DUNLAP）出版公司的版本翻译而成。

关于丛书的影响：（一）多语种出版，全欧美畅销。桑顿·W.伯吉斯生前及去世后，其作品被翻译成德语、法语、意大利语、西班牙语、瑞典语、盖尔语等十多个语种，据说，总销量已经超过一亿册。（二）桑顿·W.伯吉斯的作品中的主角"兔子彼得"（由哈里森·卡迪创作）与比阿特丽克斯·波特创作的"彼得兔"一争高下。桑顿·W.伯吉斯说："比阿特丽克斯·波特创作的'彼得兔'形象名扬全世界，而我和哈里森·卡迪创作的'兔子彼得'同样深入人心。"（三）自然广播联盟近五十年大力推荐，美国三十个州数千万人受益匪浅。从1912年开始，桑顿·W.伯吉斯通过自然广播联盟播出他的动物小说，美国三十个州数千万人收听，深受父母和老师们好评。（四）推进动物小说在美国的普及，桑顿·W.伯吉斯荣膺"世界三大动物小说大师之一"的美誉。五十年辛苦不寻常，他的"温情"动物小说与世界另外两位动物小说大师西顿和贝雷的作品分庭抗礼，不分伯仲。（五）促进了环保理念在美国上下的普及。《迁徙性野生动物保护法》诞生，桑顿·W. 伯吉斯功不可没。以保护土壤为目标的"格林森林俱乐部"（The Green Meadow Club）和以保护野生动物为目标的"睡前故事俱乐部"（The Bedtime Stories Club）的成立，离不开桑顿·W. 伯吉斯的努力。（六）荣获波士顿科学博物馆（Museum of Science, Boston）金奖和永久性野生动物保护（Permanent Wildlife Protection Fund）特殊贡献奖两项大奖。

关于译者：本书译者为西安科技大学李黎老师与王立言老师、兰州交通大学的王宝老师与赵娟丽老师、陇东学院的韩晓老师以及资深翻译王清老师。其中，李黎老师翻译了《快乐的松鼠杰克》《兔子彼得夫人》，赵娟丽老师翻译了《水貂比利》《麝鼠杰里在微笑池塘》《长腿苍鹭》，王宝老师翻译了《乌鸦布雷奇》《大熊巴斯特的双胞胎》《森林鼠怀特富特》《鹿莱特富特》，王立言老师翻译了《猎犬鲍泽》，韩晓老师翻译了《小水獭乔》，王清老师翻译了《狐狸奶奶》……各位老师治学严谨，译笔优美，为确保本书的质量奉献良多。在此，深表敬意。

尽管出版前我们做了许多工作，然而不足之处实难避免，欢迎读者朋友们批评指正。

目录

第一章 老郊狼的诡计……002

第二章 猎犬鲍泽落水了……010

第三章 乌鸦布雷奇发善心……020

第四章 猎犬鲍泽失踪的消息传开了……032

第五章 两个捕猎者……040

第六章 狐狸雷迪成了瓮中之鳖……050

第七章 自由之身好过饱餐一顿……058

第八章 农夫布朗的儿子吓了一跳……066

第九章 猎犬鲍泽在哪里……074

第十章 猎犬鲍泽心中的"牢笼"……082

第十一章 农夫布朗的儿子寻找猎犬鲍泽……088

第十二章 猎犬鲍泽的大嗓门儿……094

第十三章 乌鸦布雷奇搬救兵……100

第十四章 高手过招……108

第十五章 狐狸雷迪的白日梦……116

第十六章 乌鸦布雷奇演戏……126

第十七章 狐狸雷迪不打算鲁莽行事……134

第十八章 抓到鸡却来不及吃……142

第十九章 团聚的喜悦……150

第二十章 晚餐消失了……158

第二十一章 谁是偷鸡贼……166

第二十二章 结果好,一切都好……172

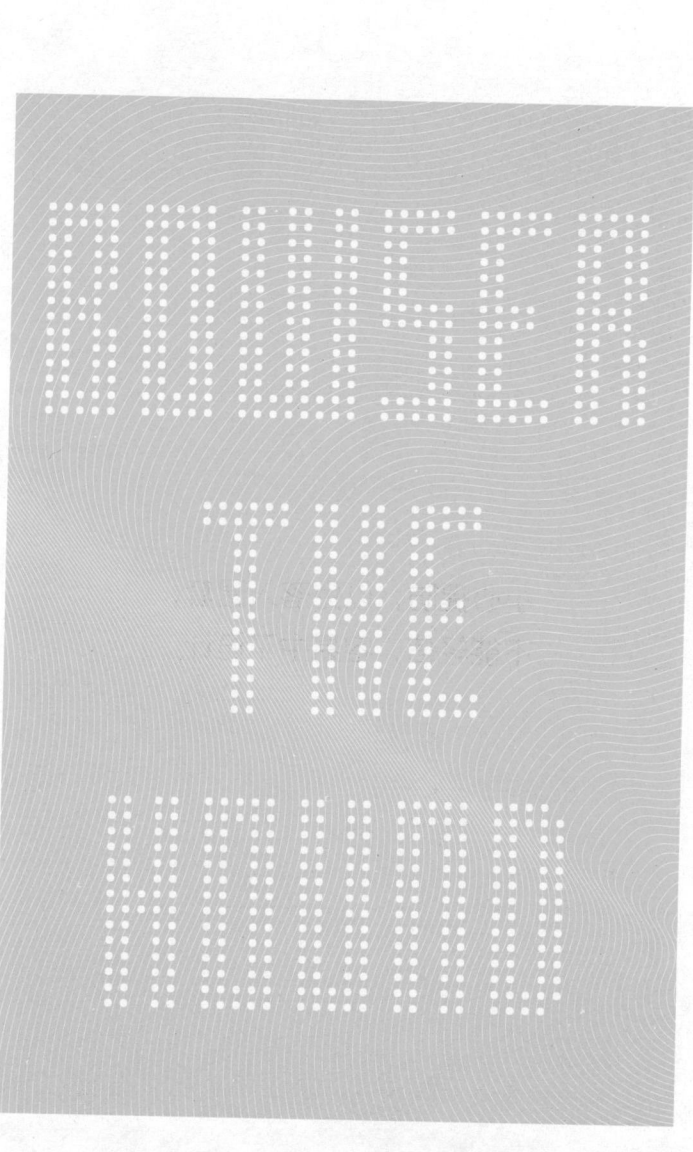

第一章
老郊狼的诡计

小心提防,以免落入圈套;
不能轻信,容易中了诡计。

老郊狼诡计多端,一般来说,像他这样聪明的动物总是一肚子坏水;猎犬鲍泽呆头呆脑的,只知道老老实实地做自己应该做的事情。因为猎犬鲍泽从来不会耍什么小伎俩,所以有的时候,他就会忘记提防别人的阴谋诡计,而我们这个故事,便是从老郊狼的阴谋诡计开始的。

一天,猎犬鲍泽发现了老郊狼刚留下的痕迹,立刻决定,就算跑断自己的腿,也要追上老郊狼并扑倒他。每次出去打猎时,猎犬鲍泽都会下这样的决心,因为在这个世界上,猎犬鲍泽最感兴趣的就是长时间地奋力奔跑和追逐猎物了。任何时候,只要有机会做这些事情，那么，就算还没有吃饭，他也会立刻出发去追逐狐狸雷迪、狐狸奶奶和老郊狼，享受奔跑追逐的乐趣。

听到猎犬鲍泽的叫声后，老郊狼非常恼火。他既害怕又不害怕猎犬鲍泽，他害怕和猎犬鲍泽打架，但不害怕被他追赶——因为他确信自己足够聪明，能轻松地摆脱猎犬鲍泽。如果猎犬鲍泽在其他任何时间出现的话，老郊狼都不会这么恼火，但猎犬鲍泽偏偏在这个时候出现，这个时候，老郊狼正准备出发去找晚餐呢，所以他勃然大怒。

老郊狼立刻敏捷地穿过格林森林，并喃喃自语道："不管怎样，我要知道那条笨狗想干什么，难道干涉别人的事情很有意思吗？我要教训一下那个家伙，对，我要马上教训一下他！我要让他知道，打扰别人的生活是需要付出代价的。"

于是，老郊狼跑呀跑，而且这一次，他不像以往那样破坏掉自己留下的痕迹。相反，他煞费苦心留下那些痕迹，以便猎犬鲍泽能轻松地发现，并顺着痕迹追上来。在老郊狼的后面，猎犬鲍泽不停地狂奔，他的叫声中充满了喜悦，因为他特别喜欢这种奔跑追逐的感觉。老郊狼引诱着猎犬鲍泽跑出了格林森林，跑进了老牧场，跑到了老牧场的另一边。他们就这样全速往前跑，离自己的家越来越远。

以往，跑着跑着，老郊狼就会往回跑，但这一次，他一直往前跑。为了追赶他，猎犬鲍泽也在一直往前跑。不知不觉间，他便跟着老郊狼跑进了一个自己以前从来没有到过的村庄。不过，猎犬鲍泽并没有注意到这一点，实际上，除了老郊狼留下的明显痕迹外，他什么都没注意到，甚至都没意识到自己已经越来越累了。

他一直用鼻子嗅着气味，根据气味沿着老郊狼走过的路奔跑，根本没有环顾左右，去打量一下周围的环境。在奔跑过程中,他抬起头是为了看一看老郊狼是否在前面,低下头是为了继续用鼻子搜寻老郊狼留下的气味。猎犬鲍泽坚信,这一次,他一定能抓到那个家伙。老郊狼这家伙不知道戏弄他多少回了,这次他要报仇。

老郊狼的身体很轻盈,不像猎犬鲍泽那么笨重,所以他奔跑起来并不容易累,而且,他不会像猎犬鲍泽那样一直嚎叫浪费体力。另外,老郊狼还能从猎犬鲍泽的声音里判断出他什么时候开始变累,以及他和自己之间的距离。所以,在猎犬鲍泽离得比较远,暂时对他构不成威胁时,他还能坐下来休息一两分钟。

到最后,老郊狼决定实施他的计谋了。他来到了一条大河边,这条大河的一段河岸比较高。老郊狼在河岸这边纵身一跃,直接跳到了另外一边;接着,他又尽力一跃,跳到了一棵倒卧的树的大树干上;在树干的末端,他再次用力一跳,跳离了这个树干;最后,他直接藏在了一个小灌木丛里,静静地等待着接下来将要发生的事。

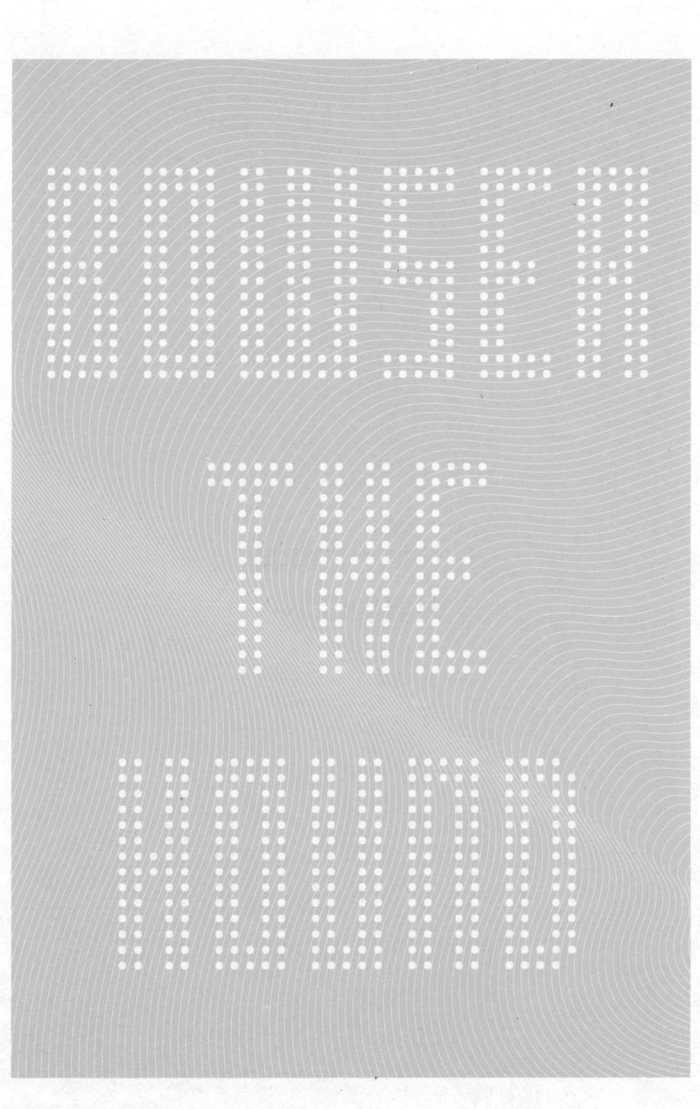

第二章
猎犬鲍泽落水了

丛林狼一片真诚,
这时要加倍小心。

虽然猎犬鲍泽非常累，但他不愿承认这一点，所以，只要他出色的鼻子仍然可以嗅到老郊狼的气味，他就会坚持追逐，不到精疲力竭誓不罢休。猎犬鲍泽的恒心真是令人赞叹，虽然他已经那么累了，但仍然用鼻子在地上搜寻着气味，不断地奔跑着。有那么一段时间，他甚至想要跑得更快一些，因为那时老郊狼的气味非常浓烈，猎犬鲍泽觉得自己很快就能追上他了。

在奔跑的过程中，猎犬鲍泽没有抬头看他将跑向何方，他不关心这个。他只关心两点，一是老郊狼走的哪条路，二是不管老郊狼跑去哪儿，他都要跟上。

于是，猎犬鲍泽继续前行，并且大声地叫着，洪亮的声音响彻山谷。

老郊狼躲在灌木丛里，伸展着四肢以便更好地休息。当他听到那洪亮的声音越来越近时，脸上浮现出了一种奸笑，黄色的眼睛里流露出了急切的目光。没过几分钟，猎犬鲍泽便出现了，他把鼻子紧贴着地面，努力搜寻着老郊狼留下的气味。因为嗅到了更浓烈的气味，猎犬鲍泽的声音里流露出了一种热切，他像是得到了什么新的力量一样，开始全速前进。现在，他的脑子里只有一件事，那就是抓住老郊狼，而老郊狼也深知猎犬鲍泽的想法。

猎犬鲍泽不知道自己正在向陡峭的河岸跑去，直到他到达河岸边，才意识到自己的处境。但他跑得太快了，根本没有办法在短时间内停下来。于是，他跑出了河岸，发出一声惨叫掉了下去。"砰"的一声，他重重地落在了下面的冰面上。因为落下时摔得太过猛烈，大河河面的冰被他砸出了一个窟窿，于是他顺着窟窿掉进了冰冷的河水里。

老郊狼蹑手蹑脚地走到河岸边，偷偷地看着猎犬鲍泽。可怜的猎犬鲍泽正饱受煎熬呢，此刻，冰冷的河水淹没了摔得奄奄一息的猎犬鲍泽。他一点儿都不喜欢待在水里，因为他身上的毛很短，不能很好地隔绝冰冷的河水。如果他身上的毛是既能隔绝河水又能保温的长毛的话，他就不必害怕了。猎犬鲍泽无力地挣扎着，他想爬出来，然而，每次当他尝试着往上爬时，他都会滑下去。唉，可怜的猎犬鲍泽呀。

看到这一切之后，老郊狼咧着嘴坏笑起来，笑得比平时更加不怀好意。他当然希望猎犬鲍泽永远不要爬上来，但过了一会儿，猎犬鲍泽还是设法爬了上来，站在冰面上瑟瑟发抖。看到这种情况后，老郊狼又咧嘴笑了一下，然后，他便一路小跑，向农夫布朗家奔去。

猎犬鲍泽好不容易从冰冷的河水中爬出来之后，

站在冰面上瑟瑟发抖,这个冷水浴洗得他直打哆嗦。从陡峭的河岸上掉下来时,他的腿部受了重伤,加上之前为了追赶老郊狼,他已经精疲力竭,这时他几乎站不起来了。更糟糕的是,他不认识回去的路。当然了,老郊狼是认识回去的路的,因此,他可以从从容容地回去,在回家的路上还可以找到吃的。

过了一会儿,猎犬鲍泽开始向河的下游走去,因为他知道,如果继续站在冰面上的话,用不了多久他就会被冻僵的。过了一会儿,他来到了一处可以登上河岸的地方,那是丛林深处一个非常荒凉的地方。虽然那里覆盖着坚硬的冰雪,但总好过在冰面上行走,所以,他非常高兴,快速地爬上了岸。

应该走哪条路呢?应该去哪里呢?夜幕快要降临,猎犬鲍泽浑身湿冷、饥肠辘辘,并且已经完完全全地迷路了。可怜的猎犬鲍泽呀,他傻傻地坐了两分钟后,便因为孤单和沮丧而叫起来。他多么希望当时自己没有去追赶老郊狼啊,他多么想念他那温暖、舒适的小木屋啊——就在农夫布朗家的前院里。另外,他也非常想念农夫布朗一家给他准备的美食。追逐、捕猎的兴奋感已经消失了,现在,猎犬鲍泽只知道自己非常饿,应该去哪儿找点儿吃的。

正走在回家路上的老郊狼也听到了猎犬鲍泽的叫声,他当然知道那叫声是什么意思了。于是,他又一次咧嘴邪恶地一笑,还专门停下来听了一会儿猎犬鲍泽的叫声。最后,他说道:"我估计他再也不想追赶我了吧。"说完这句话,他便开始小跑起来。

猎犬鲍泽呜咽着、哀嚎着,一瘸一拐地往前走。后来,当快乐的、圆圆的、红彤彤的太阳公公落到紫山后时,他知道自己得找一个地方休息一下了,因为白天已是寒气逼人,晚上只会更加寒冷。

猎犬鲍泽不像那些一到晚上就不敢出门的人,他根本不怕黑夜,事实上,很多时候,他都在整夜整夜地追赶狐狸雷迪和狐狸奶奶。追逐猎物是他的爱好之一，因此，他从来没有觉得孤单过。但现在的情况可与之前不同，逐猎的那些夜晚，他知道自己在哪里，只要愿意，他可以随时回家，现在呢，他想回家却找不到回家的路了。

他往前走了好久，几乎已经没有力气再走下去了。突然，一个又大又黑的东西隐隐出现在他的面前。实际上，它并没有猎犬鲍泽看到的那么大，因为它只是一个放枫糖用的小木屋，农夫布朗家附近就有一个这样的小木屋。猎犬鲍泽爬到了小木屋的门口，发现门是关着的。然后，他使劲用鼻子闻了闻，没有发现人类的气味，因此，他非常失落。不过，他仍然边哀嚎边抓门，结果，那个门慢慢地打开了一个小口，原来门没有上锁。

猎犬鲍泽爬进了小木屋，在一个角落里发现了一些干草，于是在干草里蜷缩了起来。虽然屋子里也很冷,但至少要比外面好些。他蜷缩在干草里,打着寒战睡了一会儿。他多么希望自己从来没有发现老郊狼的踪迹啊。

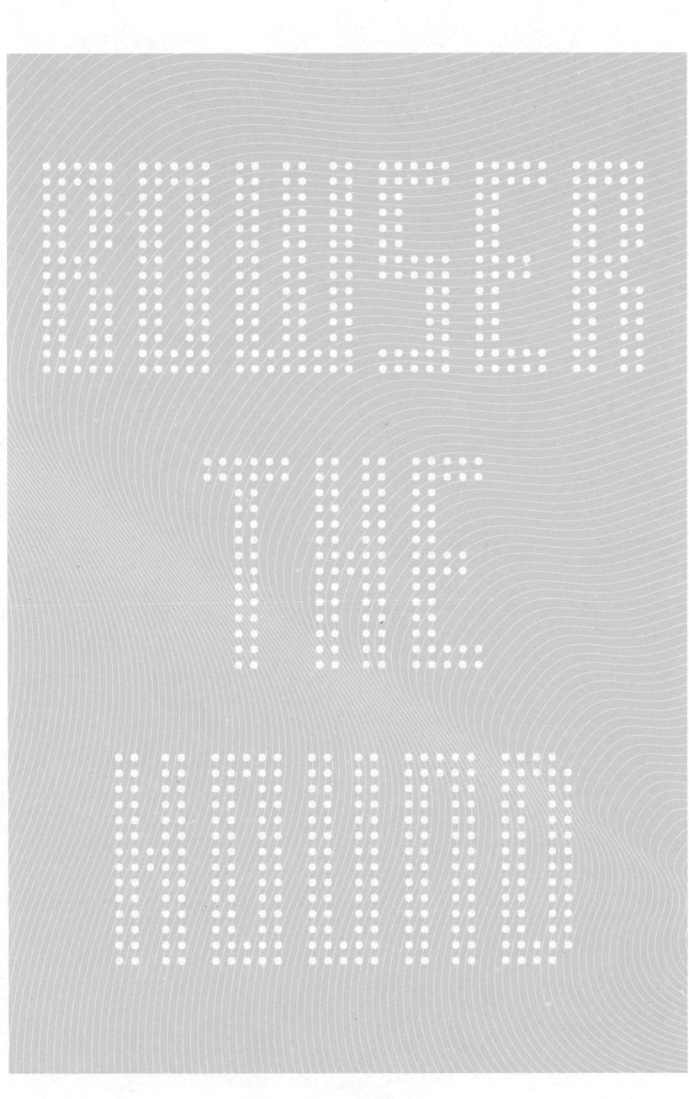

第三章
乌鸦布雷奇发善心

人在陌生的地方感到孤单，
看见宿敌也会心生温暖。

住在格林森林里的乌鸦布雷奇一年到头都在旅行，他经常飞出格林森林，飞到好几十千米外的地方去。有时候，你会看到，他早上早早地就出门了，却到下午很晚的时候才回来。冬天的时候，他去过的地方比夏天去的还要多，因为那个时候，他习惯于飞到很远的地方去觅食。

对动物们来说，想在寒冷的冬天活下去可没那么容易，因为冬天的食物非常匮乏。黑乌鸦和那些既不冬眠也不迁徙到南方的小动物一样，不得不辛勤奔波，找到足够的食物来维持生命、保持体温——食物是他们的身体产生热量的主要来源。

因为到处旅行，所以乌鸦布雷奇对于猎犬鲍泽掉入的那条大河了如指掌。他知道，不管天气多么寒冷，那条大河的某处从来不会结冰，即使冰霜杰克也拿它没有办法。乌鸦布雷奇经常到那个地方，有时候还会在那里冲洗食物。这会儿，他正飞过树顶，向那里飞去。

不一会儿，他就飞到了树林中的某个空地附近，那块空地上有一个简陋的小木屋。乌鸦布雷奇很熟悉那个小木屋，他知道那是一个枫糖屋，同时他也知道，人类只会在春天的时候去那里，其余时间里，它的门都是锁着的。每次飞往大河那个不结冰的地方时，乌鸦布雷奇都会飞过那个小木屋。众所周知，黑乌鸦的眼睛非常尖，因此，这一次，在飞过小木屋的时候，乌鸦布雷奇注意到，那个小木屋的门开了，他上次经过时可不是这个样子的。

乌鸦布雷奇大叫道："呱呱！是大风刮开了门，还是有人在里面？哦，我得去看一下。"于是，他飞到了一棵树的顶部，在那里，他可以清楚地看到那块空地和小木屋的门。

他在那里默默地等了好久，就像一棵树一样安静。不过，那段时间里，什么事都没发生。他有点儿累了，也觉得饿了，同时，他的耐心也完全没有了。他自言自语道："如果有人在里面的话，他肯定在睡觉呢，我是不是能把他叫醒呢？"于是，他便开始"呱，呱，呱"地叫了起来。等了几分钟后，他又开始"呱，呱，呱"地叫起来。又过了一会儿，他第三次叫了起来。

之后，正当他断定里面没人时，那个小木屋的门口却突然冒出了一个脑袋。看清楚那个脑袋之后，乌鸦布雷奇吓了一跳，甚至差点儿从树枝上掉下来，他嘟囔道："那不是……那不是猎犬鲍泽嘛！对，一定是他。他在这里干什么？之前，我可从来没见过他离家这么远。"

"呱，呱，呱！"乌鸦布雷奇大叫道。听到熟悉的声音，猎犬鲍泽抬头望向乌鸦布雷奇站着的树顶，他那大大的、温柔的眼睛里流露出了一种友善的目光，这让乌鸦布雷奇觉得有点儿有趣。你知道的，乌鸦布雷奇不习惯友善的眼神。

昨天晚上，猎犬鲍泽一直待在枫糖屋里休息，今天早上才被乌鸦布雷奇的叫声吵醒。走出小木屋后，猎犬鲍泽看着乌鸦布雷奇，发出轻轻的哀嚎声，同时轻轻地摇着尾巴。乌鸦布雷奇惊呆了，他不知道究竟发生了什么，可以说他一生中都没有这么吃惊过——猎犬鲍泽怎么会在这里，他为什么表现得这么友好呢？

对猎犬鲍泽来说，昨晚是绝望的、悲惨的，令他极度孤单。但今天早上，乌鸦布雷奇的声音让他产生了一种奇妙的兴奋感。在此之前，他从来没有把乌鸦布雷奇当成过朋友，事实上，他根本没有注意过乌鸦布雷奇。早春的时候，他甚至会把乌鸦布雷奇赶出农夫布朗家的玉米地，毕竟那是他的职责所在，他不得不那样做。

如今，猎犬鲍泽看到站在树顶上的乌鸦布雷奇时，低声哀嚎并微微地摇着尾巴。然后，他又一瘸一拐地走向中间的空地，并转过来转过去地打转，接着，他坐了下来，低沉地嚎叫着。

一瞬间，乌鸦布雷奇就明白了，猎犬鲍泽迷路了。他喃喃自语道："这条傻狗迷路了？这就是问题所在？哎呀，我真想不明白一个人怎么会迷路，我可从来没有迷过路，以后也不会迷路。但显而易见，猎犬鲍泽是真的迷路了，完全迷路了。天哪！他怎么伤成那样了，走路都一瘸一拐的！我想知道他究竟遭遇了什么，不过，谁让他一天到晚都在追赶别人呢，这或许就是罪有应得吧。但我还真是有点儿同情他呀，无论如何，一条迷路的狗看起来总是很可怜的。如果他不赶快找到一处有人类居住的房子的话，很快就会饿死的。在这种情况下,老郊狼不会饿死,狐狸雷迪也不会饿死,因为不管在哪儿,他们总能抓到猎物,但猎犬鲍泽可不行。他真可怜呀,我决定了,我要帮助他脱离困境。"

他知道,帮助猎犬鲍泽对他来说易如反掌,当然了,要是这件事情非常麻烦的话,乌鸦布雷奇可能就不会这么心甘情愿了。不过呢,真要说乌鸦布雷奇不愿意帮助猎犬鲍泽吧,对他也不公平,因为即使是最自私的恶人有时也会善良、大方一次。

乌鸦布雷奇碰巧知道离这儿最近的房子在哪里,他不仅记得自己之前见过的房子在哪儿,还知道每栋房子里住着什么样的人类。乌鸦布雷奇非常清楚这些事情,如果他愿意的话,他会告诉你哪家有可怕的猎枪,哪家没有。正因为知道这些,乌鸦布雷奇才能设法躲避危险。

乌鸦布雷奇自言自语道:"如果那条狗知道跟着

我的话，我就会带他去找吃的，不管怎样，那里离我要去的地方也不远。而且，如果他还有一点儿判断力的话，我也不用一直把他带到目的地。"于是，乌鸦布雷奇挥动翅膀飞了起来，从树顶向最近的一户农家飞去。

看到乌鸦布雷奇消失了，猎犬鲍泽伤心地哀嚎起来。不知为什么，他觉得更加孤单了。现在，他可以选择回到枫糖屋角落里的干草床上，不过这样的话，他就得饿肚子了。猎犬鲍泽的肚子已经非常扁了，肚皮都陷了下去，他必须吃点儿东西了。

过了一两分钟后，猎犬鲍泽便一瘸一拐地穿过森林，沿着乌鸦布雷奇飞往的方向走去。在路上，他仍然能听到乌鸦布雷奇"呱，呱，呱"的叫声。如果在以前，这样的叫声会让他厌烦，但现在，这声音却让他兴奋，因为听到这熟悉的声音后，他便觉得自己不那么孤单了。

猎犬鲍泽不得不用三条腿走路，因为他的一条腿在从河岸上掉下去时摔伤了，不能着地。此外，天气非常寒冷，之前他又浑身湿透，所以他的身体有点儿僵硬。可怜的猎犬鲍泽走得异常缓慢，乌鸦布雷奇几乎都要失去耐心了。

一看见猎犬鲍泽跟了上来，乌鸦布雷奇便愉快地叫了起来，然后继续向前飞去，丝毫不关心猎犬鲍泽的状态。飞了一会儿之后，他知道猎犬鲍泽很快就会走到一条大路上，于是自言自语道："如果这条笨狗不知道沿着那条大路走的话，那么他活该饿死。"说完这句话，他便改变了飞行的方向，继续向他原本计划要去的地方飞去。

猎犬鲍泽当然知道要沿着大路走了，一看见那条大路，他就知道，如果一直沿着这条大路前进的话，他一定能够到达某个有人烟的地方。于是，他的心中重新燃起了希望，一瘸一拐地走向了那条大路。

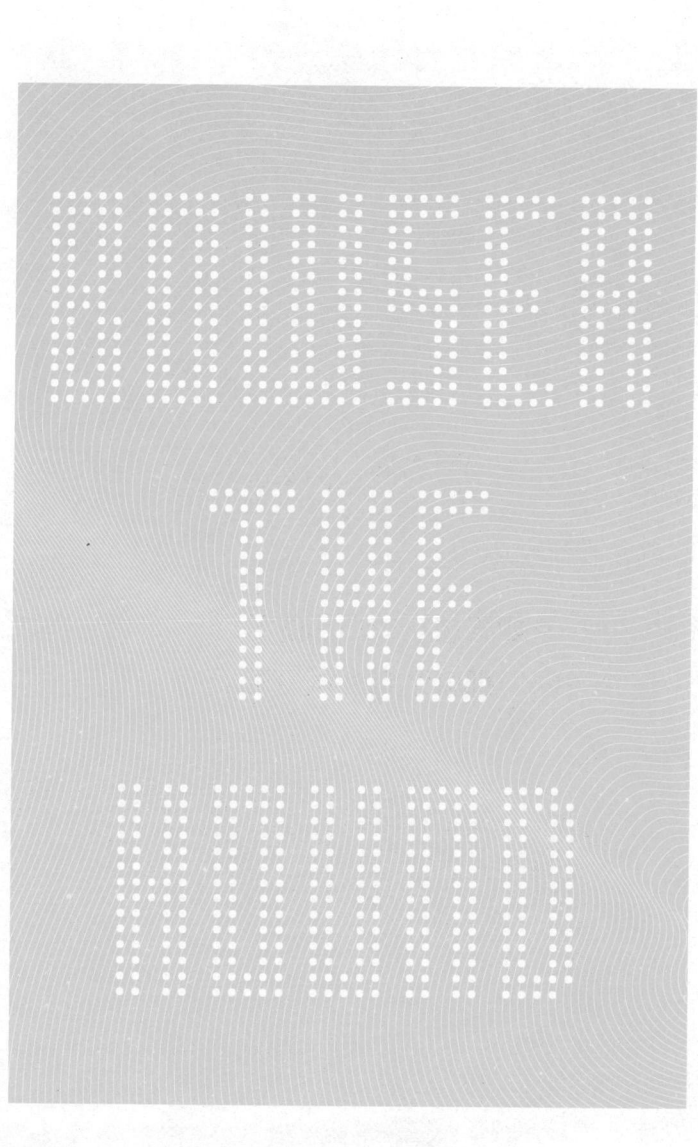

第四章
猎犬鲍泽失踪的消息传开了

如果想知道事情的原委，
那就亲自去调查吧。

在把猎犬鲍泽引到了遥远的地方，让他在陌生的村庄迷路之后，老郊狼便返回了老牧场、格林森林和农夫布朗家附近的草地。找到回家的路对他来说易如反掌，因为他在引诱猎犬鲍泽离开的时候，仔细观察过四周，还在路上做了一些记号。

老郊狼在回家的路上，还停了两三次，顺便找了点儿食物吃。最后，他顺利地回到了老牧场的家。回到家后，他感觉整个世界都变得美好了，另外，他对自己的诡计特别满意。

他咧开嘴笑了笑："我觉得爱管闲事的猎犬鲍泽暂时不会再来打扰我了。如果他在河里淹死了的话，我是不会为他哭泣的。即使没有淹死,恐怕一时半会儿他也回不来了。嗯,我要把这个消息传播开。"说完,他爬进了自己的窝,准备小憩一会儿。

大概过了一天后,当松鸦塞米恰好出现在老郊狼面前时,老郊狼用一种平淡的口吻问道:"松鸦塞米,这一两天里,你是否看到过猎犬鲍泽?"

松鸦塞米一针见血地反问道:"你为什么这么问?"

老郊狼诡异、神秘地咧嘴一笑:"没什么,松鸦塞米,没什么原因,我只是突然想到,我有两三天没听到猎犬鲍泽的叫声了,这让我怀疑他生病了,或者出了什么事。"

听到这样的回答后,松鸦塞米直接飞向了农夫布朗的前院。当然了,他并没有看见猎犬鲍泽,因此,他来回徘徊着,观察着。有那么两次,他看到农夫布朗的儿子忧心忡忡地跑到门口,吹着口哨呼唤猎犬鲍泽。此刻，松鸦塞米十分确定，猎犬鲍泽一定出了什么事。

他把头歪向一侧，挠着他的尖帽子，陷入了思考。最后，他喃喃自语道："老郊狼肯定知道其中的秘密，他不可能骗过我的。那个老无赖肯定知道猎犬鲍泽在哪儿或者出了什么事。而且，从他那咧嘴一笑里，我几乎可以肯定，这是他干的好事。嗯，他与这件事有关，我一点儿都不奇怪，要是他与此事无关，才大出我的意料呢。"

最后，不到半天时间，猎犬鲍泽失踪的消息就传遍了整个格林森林和格林牧场。

狐狸雷迪听说猎犬鲍泽不见了，决定做个调查，亲自去一探究竟，看看猎犬鲍泽是不是真的不在农夫布朗的院子里了。如果猎犬鲍泽真的不在那里了，那么，他就可以毫无顾忌地去农夫布朗家的鸡舍了，他对那里的母鸡可是觊觎已久了。

其实,最开始的时候,狐狸雷迪对"猎犬鲍泽不见了"这个传言是持怀疑态度的,因为这个传言最先是从老郊狼那里传出来的,对老郊狼所关心的一切事情,他都会本能地怀疑。但最后,他终于相信了这个传言,因为在一天之内,他听到农夫布朗的儿子吹了六次口哨来呼唤猎犬鲍泽。因此,他知道,猎犬鲍泽一定出了什么事。

当夜幕从紫山里溜出来后,狐狸雷迪就向农夫布朗家走去。不过,他并没有直接去那里,因为他会想办法避开任何一丁点儿被人盯上的风险。他在黑色的夜幕里飞奔,越来越接近农夫布朗家的院子了。尽管他也倾向于相信猎犬鲍泽真的不在那里,但他非常聪明,不愿意冒任何不必要的风险,所以,他小心翼翼地接近农夫布朗家的院子,就像猎犬鲍泽仍然待在狗舍里似的。在夜幕下,他蜷缩着身子,像是一团黑色的阴影,每走两三步,他都会停下来,竖起耳朵听一听周围的动静,用灵敏的鼻子闻闻空气中是否有异样的气味。

接近猎犬鲍泽的小房子时,狐狸雷迪还从它的后面绕过来,直到绕到能看见门口的地方。然后,他躲在一棵树的后面偷偷地观察。过了一小会儿,他看见农夫布朗家的房门打开了,农夫布朗的儿子出来了。狐狸雷迪没有逃跑,因为他知道,农夫布朗的儿子怎么也想不到他敢来到这个距狗舍这么近的地方。显然,农夫布朗的儿子满脑子都想着猎犬鲍泽,他吹着口哨呼唤着猎犬鲍泽,就像白天做的一样。然而,猎犬鲍泽依然没有出现,因此,过了一会儿,他便满脸愁容地回到了房子里。

一听到关门的声音,狐狸雷迪就小跑到空地上。他坐了下来,坐在距狗舍门口仅仅几步之遥的地方,然后轻声地叫了几下,接着声音又大了一点儿。他知道,如果猎犬鲍泽在家,而且没有别的什么事的话,会被叫声吸引出来的。然而，猎犬鲍泽仍然没有出现，于是，狐狸雷迪咧嘴一笑，他现在十分确定，猎犬鲍泽真的不在这里。最后，他暗自笑着，掉头朝农夫布朗家的鸡舍跑去。

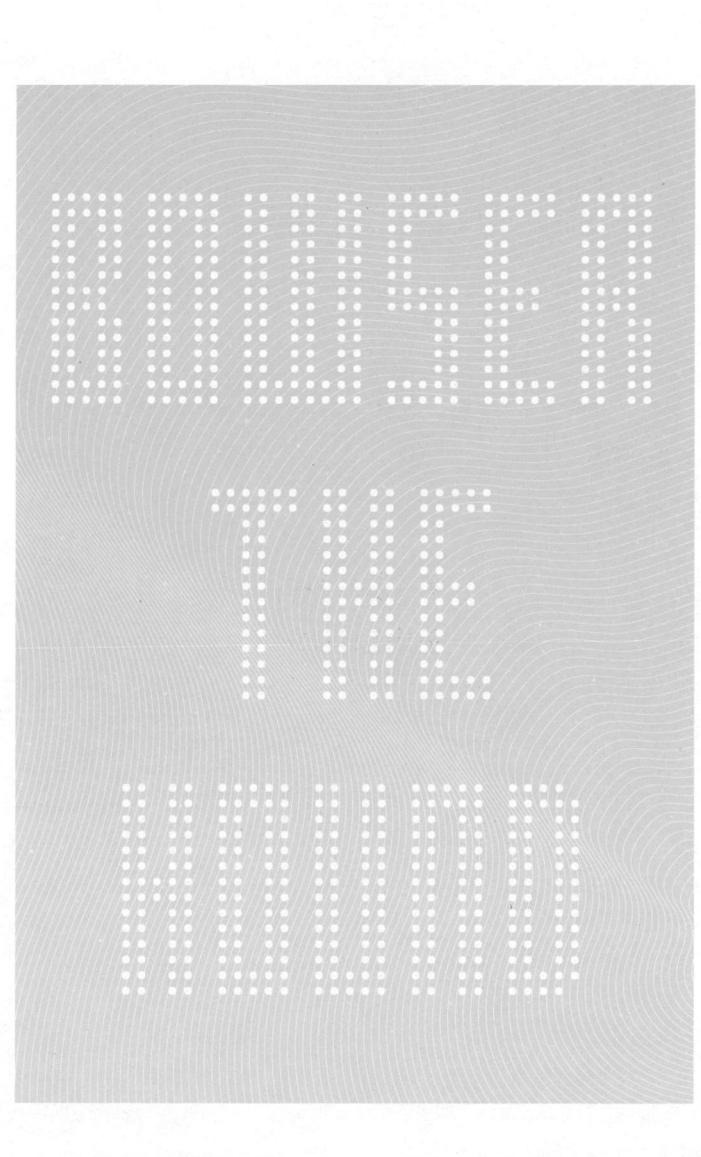

第五章
两个捕猎者

思虑越周密,
干事越容易。

在狐狸雷迪的一生中,他从来没有像此刻一样,如此轻松自在地造访农夫布朗家的鸡舍,因为他已经确定猎犬鲍泽真的不在家了。之前,他蹑手蹑脚地爬到猎犬鲍泽那间小房子的门口,偷偷地窥视了里面,那里面空空如也。他不知道猎犬鲍泽出了什么事,也不想知道,他只需要确定猎犬鲍泽不在这里就够了。

"真希望农夫布朗的儿子忘记关鸡舍的大门。"狐狸雷迪一边喃喃自语,一边跑过了农夫布朗家的院子。走到中途的时候,他还停了一下,看了看房子里的灯光,咧着嘴笑了笑。猎犬鲍泽不在这里,狐狸雷迪便可以为所欲为了。

狐狸雷迪想:"如果我能进到鸡舍里,只要那些愚蠢的母鸡不栖息在高到我够不着的地方,我就可以好好地吃一顿了,我要在那里吃一整只鸡。"这样想着,狐狸雷迪的嘴里流出了口水。"然后,我还要给雷迪夫人带一只鸡回去。另外,如果还有时间的话,我们还要回鸡舍再吃两只。"

狐狸雷迪接近农夫布朗家的鸡舍时,做了如此美妙的计划。快要到达鸡舍时,他停了下来,竖起耳朵听了听里面的动静,听到了一些焦躁不安的咯咯声。他在那里坐了一会儿,伸出了舌头,任由口水往下流。他闭着眼睛,想象着那些母鸡紧紧地挤在栖木上,偶尔,某一只母鸡会被挤醒,嘟嘟囔囔地抱怨太挤了。

狐狸雷迪仅仅坐了一分钟,因为急于想搞清楚自己有没有可能进入鸡舍,他小心翼翼地飞奔到鸡舍和院子的一侧,然后在拐角处仔细观察着院子的大门,看看它是不是恰巧没有关。当他看到那个门没有关严时，心里别提有多高兴了。接下来，他要做的就是推开门溜进去。

狐狸雷迪立刻从角落里走出来，正当他伸出一只爪子准备推门的时候，一声低沉却无比凶狠的咆哮声让他毛骨悚然，立刻跳了回去。当时，他的第一反应就是猎犬鲍泽回来了，一定是猎犬鲍泽回来了！

跳开之后，狐狸雷迪没有停下来看是谁发出的咆哮声，而是快速跑开了一段距离。直到确定自己已经安全之后，他才回头看去。他看到，农夫布朗家鸡舍的门口出现了一团黑色的身影。狐狸雷迪瞬间意识到，那不是猎犬鲍泽，因为那个东西有一条毛茸茸的尾巴，而猎犬鲍泽的尾巴是光滑的。狐狸雷迪知道那是谁了，那是老郊狼。

狐狸雷迪和老郊狼都没有想到，他们居然会在农夫布朗家鸡舍的门口遇到对方。当时，狐狸雷迪急于进入鸡舍，所以，他没有去看远处的门。如果他往那边看一眼的话，就会发现，老郊狼正从另一个角落走过来。

老郊狼看到狐狸雷迪后也大吃一惊，以至于还没来得及思考，就嚎叫了出来。叫出声之后，他就后悔了，嘟囔道："刚才的做法真是愚蠢。"在看到狐狸雷迪惊慌地跑开时，他又低声说道："我不应该让他看到我的，我应该让他打开门先进去，或许里面有陷阱呢。当前方存在可能的危险时，如果可以，应该让其他人先去探探路。"说话时，老郊狼再次咧嘴笑了。

狐狸雷迪待在安全的距离内，准备看看老郊狼接下来会做什么。当然了，他的心里燃烧着失望和愤怒之火。虽然他讨厌很多人类和动物，但是，他觉得，自己最厌恶的还是老郊狼。可是他对老郊狼无计可施，因为他打不过老郊狼，所以，他只能待在安全的距离外，静静地观察着周围的一切。

鸡舍的大门开了一条缝，透过那小小的缝隙，老郊狼朝里面看了很久。有那么一两次,他还伸出鼻子,小心翼翼地在门附近嗅了嗅。不过,在做这些事情的时候,他特别小心,极力不去触碰鸡舍的大门。最后,他掉头走向了格林森林。

狐狸雷迪依旧坐在原地,老郊狼的举动让他十分惊讶,百思不得其解。因为不确定老郊狼是否会去而复返,所以狐狸雷迪在那里等了很久。最终,老郊狼并没有回来,于是,狐狸雷迪小心翼翼地爬向鸡舍的大门。狐狸雷迪自言自语道:"我觉得那个家伙应该不知道门能推开吧,以前,我一直以为老郊狼很聪明,然而,如果他的聪明仅此而已的话,那么,我倒想找个时间和他比试比试。"

其实老郊狼只是稍微跑远了点儿,让狐狸雷迪看不见他。然后,在夜幕的笼罩下,他又慢慢地爬回了能看见狐狸雷迪的地方。老郊狼心想:"鸡舍的门竟然没上锁,这很奇怪呀。虽然它很可能是个意外,但也可能是人类故意这么干的。那里可能没有什么危险，也可能存在陷阱。现在，既然有人替我推开门走进去，我当然不会亲力亲为了，这些事情就交给狐狸雷迪去做吧。"

第六章
狐狸雷迪成了瓮中之鳖

计划再周密,
也防不了小小的恶作剧。

当狐狸雷迪觉得自己比老郊狼聪明时，心里美滋滋的。于是，他很快便推开了鸡舍的大门，压根儿没想里面是不是会有陷阱。当大门被推开到刚好能让他进去的大小时，他一下子跳进了鸡舍。然后，他便心急火燎地向前跑去，想看看鸡窝的小门是否也开着，那个小门是母鸡们进出鸡窝用的，母鸡们就在那扇小门后面。

老郊狼在他的藏身之处看着狐狸雷迪把大门推开，进入了鸡舍。他喃喃自语道："到目前为止，一切安好，鸡舍的大门没有陷阱，那我就能跟着狐狸雷迪安全地进去了。不过，我还是再等一下的好，得看看狐狸雷迪进入鸡舍后会发生什么。再说了，即使他抓住了一只鸡，他不会在那里就吃掉，因为他不敢那样做。所以呢，我要做的就是在拐角处等着，看他是否会带出一只鸡来。然后，我就直接抢走他的鸡。这样一来，我不仅能够得到母鸡，还不用承担任何风险。"你看，老郊狼就是这么一个狡猾的家伙。

于是，老郊狼便看着自以为聪明的狐狸雷迪偷偷穿过鸡舍，试着打开那个小门。那个小门虽然拴着，但拴得不紧，狐狸雷迪觉得自己能够拨开它。狐狸雷迪自言自语道："这只是个时间和耐心的问题，只要多试几次，我就能打开它。"很久以前，狐狸雷迪可是干过类似的事。

于是，狐狸雷迪耐下心来开门，而一直盯着他的老郊狼却心生疑惑，不知道他在做什么。老郊狼想："狐狸雷迪应该遇到麻烦了吧，从他的动作中，我觉得他似乎是在试着进入鸡窝。"

这个时候，我们便不得不再提一下之前的鸡舍大门，如前文所说，狐狸雷迪打开了鸡舍的大门，但是，他太心急了，只是把那个大门推了个半开，便迫不及待地蹿了进去。哎呀，如果他能把门完全打开的话，接下来的事情便会大大不同。但他太心急了，居然忘了"心急吃不了热豆腐"这句谚语。

不一会儿，一阵顽皮的晚风吹来。你知道的，顽皮的晚风最喜欢使东西移来移去了，因此，看到那扇半开的门后，他便不停地吹动它。突然间，伴随着急剧的咔嚓声，门又关上了，弹簧门栓弹了回去。这下，狐狸雷迪成了瓮中之鳖了！

狐狸雷迪的一切都变了，害怕和绝望取代了满足和快乐，他成了鸡舍的笼中之物。

他箭一般地冲到了门口，大门紧闭着，一丝缝隙都没有，甚至连小小的鼻子都无法伸出去。惶恐不安的狐狸雷迪又在鸡舍里四处搜寻，希望能找着一个洞逃出去，但一无所获。人类建造鸡舍就是为了防止狐狸雷迪这样的家伙溜进来，因此，他进来不容易，出去就更难了。当时，地面上覆盖着积雪，有些积雪还结冰了，非常坚硬，所以狐狸雷迪也没办法通过挖洞逃出去。狐狸雷迪被困住了，这就是他的现状。

突然，狐狸雷迪注意到外面有一双不怀好意的眼睛正盯着他，那是老郊狼。他们一个在鸡舍里，一个在鸡舍外，处境却完全不同：狐狸雷迪被困在鸡舍里面，成了笼中之物，老郊狼却依然在鸡舍外面，自由自在的。

老郊狼说："晚上好啊，狐狸雷迪，当你享受肥鸡的时候，我希望你能好好想想我的建议：当你能找到替你冒险做某件事的人时，千万不要亲自去做那件事。我也想吃只美味的肥鸡，但事已至此，我还是去捉几只老鼠吃吧。明天早上，农夫布朗的儿子来的时候，记得替我问好啊。"

说完这些，老郊狼又邪恶地咧嘴一笑，然后便向格林森林跑去。看着他渐渐远去的身影，被困在鸡舍里的狐狸雷迪也想要自由，并愿意为此付出任何代价。

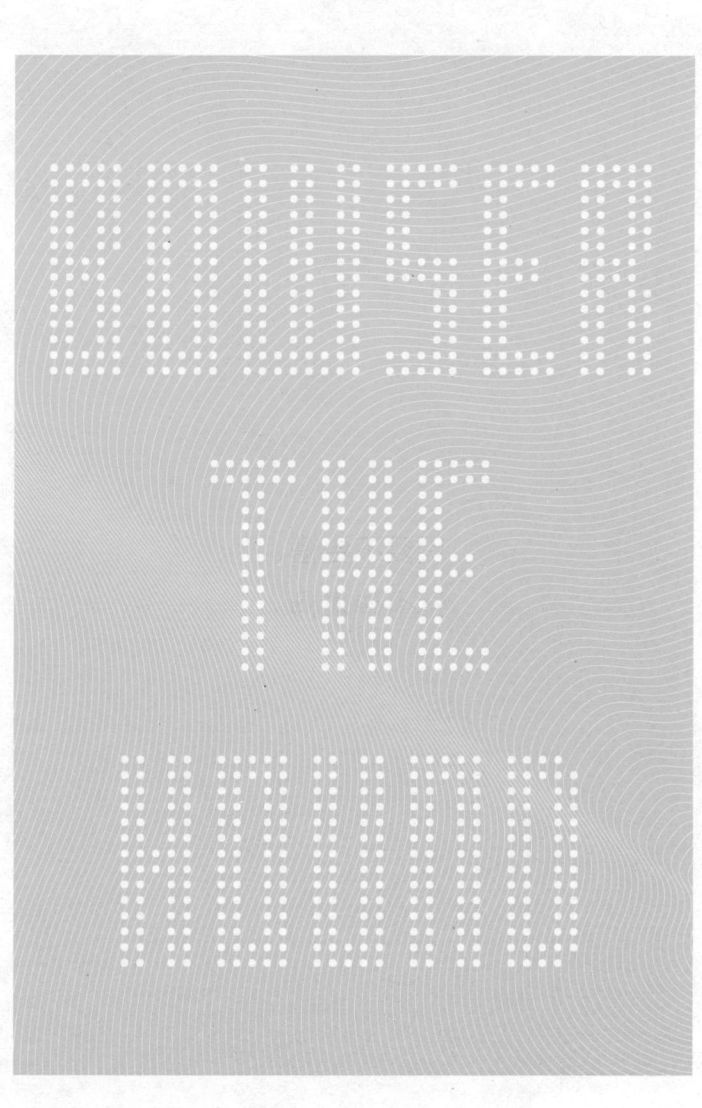

第七章
自由之身好过饱餐一顿

只要不更糟,
就不算太糟。

在刚刚被农夫布朗家的鸡舍困住的时候，如果有人对狐狸雷迪说"事情只要不更糟，就不算太糟"的话，狐狸雷迪肯定不相信，他肯定会说，再也没有比此时此刻更糟糕的情况了。狐狸雷迪被困在了鸡舍里不得脱身，如果不出意外的话，明天早上，农夫布朗的儿子便会发现他，因为鸡舍里根本没有可以藏身的地方。在狐狸雷迪看来，被困在鸡舍已经是最坏的情况了，再也没有比这更糟糕的事情了。

可是过了一会儿，因为无事可做，狐狸雷迪便开始转动他的脑筋认真思考。令人惊讶的是，思考竟然会改变他的想法。首先，狐狸雷迪想到的是人类的陷阱，那种陷阱里有一双"铁爪子"，一旦被它们夹住，不仅无法逃脱，还可能会被夹断脚骨或腿骨。想到这里，狐狸雷迪立刻意识到，被人类的陷阱夹住可比被困在笼子里更糟糕。这样一想，狐狸雷迪便觉得好受了那么一丁点儿。然后，他继续转动着脑袋瓜。

起初，他的思考并不能提供实际的帮助，不过，到后来，想起自己的初衷是来享用美味的肥鸡时，他突然想到，鸡舍里面还有一个鸡窝，如果说鸡舍是为了防止他们靠近母鸡的话，那么鸡窝就是母鸡们晚上休息的地方。他知道，鸡窝里面非常黑，还有一些箱子，因为他曾经去过那里。如果他藏到鸡窝里面，躲在鸡窝箱子后面的话，那么，明天早上，农夫布朗的儿子在进来的时候就有可能看不到他。

于是，狐狸雷迪立刻跑到那个母鸡进出鸡窝的小门前，他知道那个小门没有锁，只要有足够的耐心，他就可以打开它。于是，他再次尝试着开门。那扇小门果然被他弄出了一条缝隙。接着,狐狸雷迪把爪子放在缝隙里,不停地推挤。缝隙在慢慢地变大,他能把整个爪子放在里面了,过了一会儿,他能把半个脑袋放进里面了,最后他用尽全力,带动整个身子使劲往里挤,门终于被挤开了,狐狸雷迪终于进入了鸡舍!只要明天早上农夫布朗的儿子发现不了他,他就有一线逃脱的希望了。

你能想象吗,在农夫布朗家的鸡舍里,一顿美味的晚餐就在狐狸雷迪眼前。在那里,一只肥鸡就栖息在一个比较低的栖木上,对狐狸雷迪来说简直唾手可得,只要他轻轻一跃,这只母鸡就是他的囊中之物了。如果鸡舍的门是开着的话,狐狸雷迪会毫不犹豫地捕获这只母鸡,但这会儿,鸡舍的大门可是锁得死死的,因此,他努力地控制着自己,不去捉那只母鸡。

狐狸雷迪不吃鸡不是因为他没有胃口,实际上他已经饥肠辘辘了——一到冬天,他就经常饿肚子,几乎每顿饭都吃不饱。但现在,肥美的母鸡就在眼前,他却碰都不敢碰,因为他知道,自由之身可比饱餐一顿重要多了。

被困在鸡舍之后,狐狸雷迪的大脑便飞速地转动起来,他知道,要想逃出鸡舍,只有一个机会,那就是早上农夫布朗的儿子打开鸡舍大门进入鸡窝喂食的时候。他必须抓住这个机会。狐狸雷迪自言自语道:"虽然我快要饿死了,可是,如果我抓了那只肥鸡并吃掉她的话,进入鸡窝之后,农夫布朗的儿子就会注意到地上的鸡毛。我不能那么做。这个关键时刻,我不能出一丁点儿错。现在,我要做的就是吞掉口水,静静地待在黑暗的角落。"

于是,整个晚上狐狸雷迪都蜷缩在一个黑暗的角落里,隐藏在一个箱子的后面——那个箱子挡住了他的整个身子。他的鼻子里都是肥鸡散发出来的诱人气味。每隔一会儿,就有一只被挤出栖木的母鸡骚动不安地往里挤,睡意盎然地嘟囔着以示不满。

仔细想一想,狐狸雷迪饥肠辘辘,美味就在眼前却不能享用,他得需要多大的毅力才能抵制住这样的诱惑呀。当你饿得头晕眼花时,你最喜欢吃的东西就在眼前,却不能碰、不能吃,这个时候,你能忍受得了吗?如果是一些愚蠢的动物陷入狐狸雷迪这样的困境中的话,他们可能会先大吃一顿,然后幻想着能幸运地逃走。但狐狸雷迪十分聪明,他才不会冒险做这种傻事呢。那天晚上,狐狸雷迪的自控力真是好极了,在这方面,我们都应该向狐狸雷迪学习。

鸡舍里仍是一片黑暗,可狐狸雷迪知道,黎明即将到来。当快乐的、圆圆的、红彤彤的太阳公公踢掉他的毯子,开始爬上蓝蓝的天空时,那些肥鸡也知道,早晨到了。一只大公鸡站在最高的栖木上,伸了伸脖子,拍了拍翅膀,开始高声鸣叫起来。狐狸雷迪激动地颤抖着,他知道,农夫布朗的儿子马上就要来了。

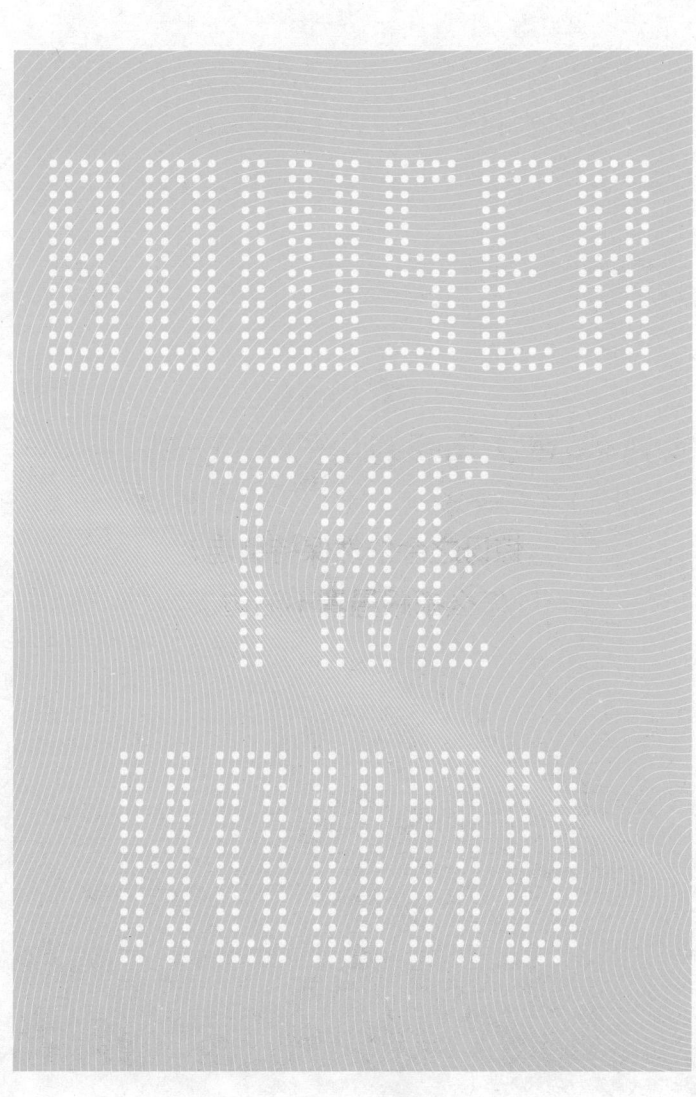

第八章
农夫布朗的儿子吓了一跳

惊讶之余依然保持镇定,
怎么都跟愚蠢不沾边。

从出生到现在,狐狸雷迪经历过很多焦躁不安的时刻,但没有哪次比这次更难熬了,简直是度日如年。现在,他正焦急地等待,等着农夫布朗的儿子打开鸡舍的大门来到鸡窝里。

自从那只站在最高栖木上的大公鸡开始打鸣,狐狸雷迪便如坐针毡。他藏在鸡窝角落的一个箱子后面,大气都不敢出一口。他可不想被那些母鸡发现,一旦发现了他,她们肯定会上蹿下跳、乱成一团的。这样的话,农夫布朗的儿子肯定会闻声而来,并且有所戒备的。

母鸡们慢慢地醒来了,更有一些母鸡飞下栖木,落到了地上。从狐狸雷迪的藏身之处经过时，她们与他的距离是如此之近，狐狸雷迪只要稍微伸出爪子，就能立马捉到一只肥鸡。不过，狐狸雷迪还是克制着一动不动，甚至连耳朵都不动一下，所以那些母鸡并没有发现他。

这是多么难熬的时刻啊，狐狸雷迪屏气凝神，竖着耳朵仔细地听着外边的动静。一方面，他希望农夫布朗的儿子快点儿来，另一方面，他又有点儿害怕农夫布朗的儿子过来。不知过了多久，狐狸雷迪终于听到了农夫布朗一家起床的声音。

不一会儿，他听到门"吱呀"打开、"哐当"关上的声音，接着，他又听到了一阵愉悦的口哨声。口哨声越来越近了，那是农夫布朗的儿子过来喂鸡了。狐狸雷迪尽力屏住呼吸，他听到了鸡舍大门被打开的声音。接着，农夫布朗的儿子踩着厚厚的积雪走过来的嘎吱嘎吱声也传了过来。

突然间，鸡窝的小门也被打开了，狐狸雷迪看到，农夫布朗的儿子已经走进了鸡窝，他手里拿着一个平底锅，里面装着母鸡们的早餐。一道红色的闪电从他的双腿间穿过，这可把农夫布朗的儿子吓坏了，他手里的平底锅都掉到了地下，玉米撒得到处都是。他大声喊道："天哪！那是什么？"说着，他快速地冲向鸡窝门口，瞥见一只红色的动物和一条浓密的尾巴消失在谷仓的一个角落里。

狐狸雷迪从农夫布朗的儿子双腿间穿过，飞快地跑出了鸡窝，又快速地穿过了鸡舍的大门，当时，他的心都要跳到嗓子眼儿了。

实际上，狐狸雷迪根本不知道鸡舍的大门到底有没有开着，如果农夫布朗的儿子进来时随手关了门，那狐狸雷迪就真是一点儿逃出去的希望都没有了。你应该能够想象出，当狐狸雷迪从鸡窝冲出来朝鸡舍大门口冲去时的极度不安和急切，也应该可以想象到，当他看到大门开着时,他的内心是多么欣喜。在那一刻,外面白雪皑皑的世界似乎都变得异常美丽了,因为他自由了!自由了!

农夫布朗的儿子被这突如其来的情况吓呆了,眼睁睁地看着狐狸雷迪从谷仓的一角溜出去,在他的视线中消失了。过了一会儿,他才反应过来,大声喊道:"是狐狸雷迪!这个捣蛋鬼怎么在这里呀?"

很快,他就意识到,狐狸雷迪应该在鸡窝里面待过。想到这里,他不由得开始为家里的母鸡担心了。农夫布朗的儿子快速地跑回鸡舍,在回去的路上,他满脑子想的都是鸡窝里的情形,他觉得,鸡窝里一定会有两三只母鸡的尸体以及满地的鸡毛。然而,回去之后,他仔细地看了看,根本没在地上发现鸡毛,也没有发现母鸡的尸体,那里的母鸡不是站着,就是走来走去的。于是,他开始数母鸡的数量,数完一遍后,发现一只母鸡都没少。这下他就更加疑惑了,觉得可能是自己数错了,于是,又数了两遍,还是一只不少。

在发现鸡舍的大门大开的时候,往外跑的狐狸雷迪如释重负;而当农夫布朗的儿子发现家里一只母鸡都没有少时,他也松了一口气。但狐狸雷迪和农夫布朗的儿子有一点不同:狐狸雷迪知道前前后后究竟发生了什么,而农夫布朗的儿子却很疑惑,不知道到底发生了什么事。

事后,农夫布朗的儿子在鸡窝和鸡舍周围仔细搜寻了一番,想弄明白狐狸雷迪是怎么进入鸡舍和鸡窝的。看到那扇母鸡进出鸡窝的小门时,他便知道狐狸雷迪是从那里进入鸡窝的。但他依然不明白狐狸雷迪是如何进入鸡舍的,因为今天早上开门的时候,他非常确定,鸡舍的大门是锁着的。那么,狐狸雷迪究竟是怎么进入鸡舍的呢?农夫布朗的儿子百思不得其解。

第九章
猎犬鲍泽在哪里

如果你不见了,
　敌人会开心,
　朋友会伤心。

猎犬鲍泽在哪里呢？对此，认识猎犬鲍泽的所有动物都万分疑惑，农夫布朗一家也是困惑不已。其实，我们不能说所有认识猎犬鲍泽的人类或动物都不知道他的去向，因为至少老郊狼和乌鸦布雷奇是知道猎犬鲍泽究竟遭遇了什么的。前面讲过，正是老郊狼引诱猎犬鲍泽远离了家乡，让他迷了路，而乌鸦布雷奇则发现了猎犬鲍泽身处困境，并向他伸出了援手。

　　不过现在，老郊狼也不确定猎犬鲍泽究竟跑到了哪里，他也不想知道。他倒是希望猎犬鲍泽永远找不着回家的路，永远都别回来。乌鸦布雷奇知道猎犬鲍泽在哪里，但他并没有告诉其他人，他的心中还是有几分窃喜的，因为只有他一个人知道这个别人迫切想知道的秘密。乌鸦布雷奇是那种可以保守住秘密的人，在这方面，他和兔子彼得完全相反。

虽然狐狸雷迪对猎犬鲍泽的境遇非常感兴趣，但他也是打心底里希望猎犬鲍泽永远都不要再出现。狐狸雷迪自言自语道："我无法想象老郊狼对猎犬鲍泽做了什么，他肯定没有打死猎犬鲍泽，因为那个家伙从来不敢和猎犬鲍泽正面交战，但他肯定对猎犬鲍泽做了什么。不过，如果这只狗不再出现的话，我和奶奶的日子就好过多了。"

农夫布朗的儿子最担心猎犬鲍泽了，为了寻找猎犬鲍泽，他问遍了周围的邻居，找遍了附近的每一个角落，仍然没有发现猎犬鲍泽的一丝踪迹。

没有人看到过猎犬鲍泽，这真令人费解。农夫布朗的儿子甚至开始怀疑猎犬鲍泽是不是在森林里出了什么事，这样一想，他便开始伤心起来。小动物们好久都没有听到他那欢快的口哨声了，因为自从猎犬鲍泽不见了之后，他便像丢了魂一样，再也没有心情吹口哨了。最后，农夫布朗的儿子觉得，他可能再也见不到猎犬鲍泽了。

你们还记得吧，乌鸦布雷奇引导着可怜的猎犬鲍泽走上了一条大路——乌鸦布雷奇知道这条大路通向哪里。然后，乌鸦布雷奇便飞走了，他觉得，只要猎犬鲍泽不是特别笨，就应该知道沿着那条路往前走，因为大路总会通向某个有人烟的地方。如果猎犬鲍泽真的愚蠢到不可救药，想不到这一点，那么，他活该挨饿受冻。

虽然猎犬鲍泽看起来呆呆的，但他并不笨，因此，当他看到那条大路后，心里的一块大石头也终于落地了。他终于找到了前进的方向，他知道，只要自己沿着这条路一直走下去，迟早会走到有人烟的地方。但这会儿，他饥寒交迫，受伤的身子又极度虚弱，所以他不知道自己是否还有力气走到有人烟的地方。

可怜的猎犬鲍泽啊,他一瘸一拐地走在路上的样子完全就是一幅悲惨的画卷:他用三条腿一瘸一拐地走着,走路时,耷拉着脑袋,尾巴拖在地上,好像失去了所有的力气,一边走,一边发出呜咽声和啜泣声,眼睛里写满了伤痛和苦楚。我想,看到这样的情况,就算再铁石心肠的人也要为之动容吧。

虽然猎犬鲍泽实际走过的路并不长,但他觉得自己已经走了很远很远了。突然,他闻到了什么气味,虽然他那灵敏的鼻子可以嗅到其他人许久之前留下的气味,但这次的气味并不是之前的人留下的,而是直接弥漫在空气中。于是,他抬起了头,抽着鼻子使劲嗅了一会儿。最终,他确定自己闻到的是烟味,有烟,就说明前面不远处有人家、有房子。

一想到前面不远处便有人烟,猎犬鲍泽便看到了希望,于是,他重新鼓起了勇气,加快了前进的速度。

转过一个弯后，一个农家小院出现在他的眼前。那里的烟囱里飘出了袅袅炊烟，与炊烟混合在一起的，是饭菜的香味。

猎犬鲍泽的呜咽声中多了一丝急切，他拖着疲惫的身子走到院子前，爬到了院子的门口。此时，他已经精疲力竭了，连叫唤的力气都没有了，因此，他只能低声地呜咽着。似乎过了很长时间之后，院子的大门打开了，一位慈祥的妇人站在门口，低头看着他。两分钟后，猎犬鲍泽便卧在了厨房炉子旁边的垫子上。

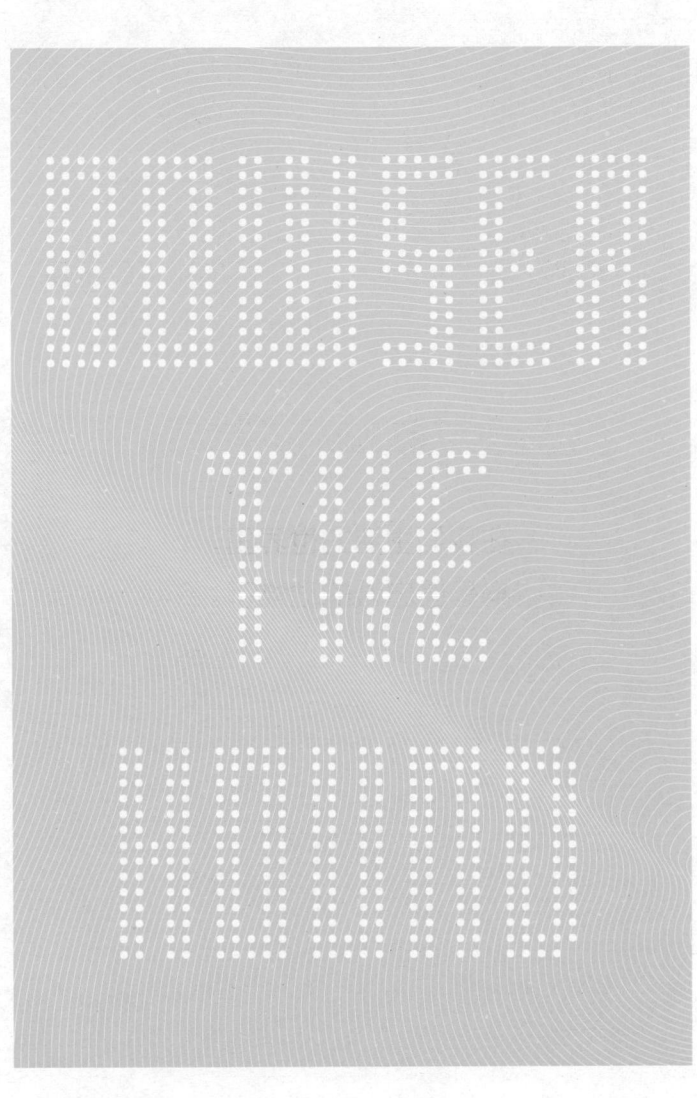

第十章
猎犬鲍泽心中的"牢笼"

在我们生活的世界里,
狗是最忠诚的动物了。

被带进那个陌生的屋子时，猎犬鲍泽已经特别虚弱了，只能用残留的一点儿力气摇了摇尾巴。看到他这副模样后，屋子里的人类马上就猜测到，猎犬鲍泽应该是迷路了，而且他的一条腿还受了伤。他们对他特别好，不仅给他喂好吃的，还给他做了张舒服的床，并在他那受伤的腿上敷了药。很快，猎犬鲍泽便进入了梦乡，这一次，他睡了好久好久。对他来说，再也没有比在一个温暖的地方睡觉更舒服的事了。

第二天，虽然猎犬鲍泽感觉好多了，但他仍然全身僵硬，受伤的腿疼痛不已，不能移动半步，所以他也不勉强自己。那里的人类温柔地抚摸他，他感觉就像在家里一样。日子一天天地过去，猎犬鲍泽的身体慢慢地好了起来。与此同时，他更加思念家乡了。虽然这里的人类对他也很好，就像农夫布朗一家那样，然而，家就是家呀，没有哪里比得上自己的家。于是，逐渐恢复健康的猎犬鲍泽又变得心神不安起来。

那家的男主人说道："这条狗不是附近人家的，方圆数公里的猎犬我都认识，但我从来没见过这只猎狗，我想他一定是从很远的地方来的。因此，我觉得最好不让他离开，因为他肯定会试着寻找回家的路，这样一来，他肯定又会迷路的。嗯，看来我们有必要把他关在房子里，或者找个绳子拴住他。未来的某天，我们也许能找到他的主人。如果一直找不到的话，我们就收养他，我敢保证，他很快就会适应这里的。"

那个人确实很了解狗，如果有机会的话，猎犬鲍泽确实会像那个人说的那样，尝试着寻找回家的路，但他又确实不知道回家的路在哪里。不过，他根本没有机会尝试，因为平时那个男主人总会把他关起来或者拴起来。即使绳子被解开，猎犬鲍泽可以在自己家里自由活动时，他的身边也总会有一个看着他的人类。

在这里，尽管人们都很关怀、爱护猎犬鲍泽，但猎犬鲍泽总感觉自己像个囚犯。虽然他很感激他们对他的照顾，但在心底，他还是思念着农夫布朗的儿子和自己的家。尤其是听到乌鸦布雷奇呱呱地叫着飞过农舍的上空时，他的思乡之情就会更加强烈。因此，只要有机会，他就打算偷偷溜走。令他无奈的是，他至今还没有找到这样的机会。

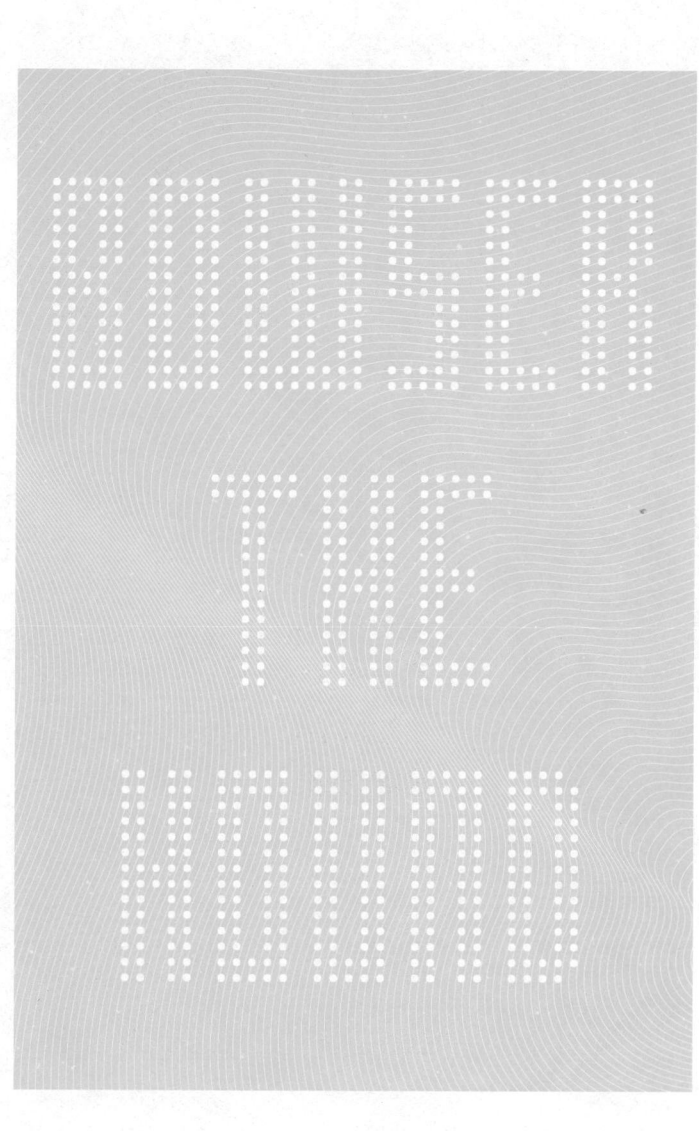

第十一章
农夫布朗的儿子
寻找猎犬鲍泽

忠诚无价,
不能买卖。
它的价值,
常被忽略。

我之前说过，农夫布朗的儿子在四处打探猎犬鲍泽的下落，然而，到目前为止，他仍然一无所获。所以，他觉得，猎犬鲍泽一定是在森林里遭遇了什么可怕的事情。

接下来的几天里，农夫布朗的儿子搜索了格林森林，走遍了老牧场，找遍了他以前和猎犬鲍泽打猎的地方，希望能从中发现有关猎犬鲍泽的蛛丝马迹。然而，这次的搜寻依然没什么结果，因此，他的心情很沉重。猎犬鲍泽是这个大家庭中的重要一员，他知道，如果猎犬鲍泽真的掉进了陷阱或是遭遇了什么不测的话，现在肯定已经死了。然而，他又想知道猎犬鲍泽究竟遭遇了什么,所以他依然坚持寻找。

有一天,农夫布朗的儿子听说隔壁镇上出现了一条陌生的猎狗,于是,他满怀希望地搭车去了那个镇子,最后却无功而返,因为那条狗并不是猎犬鲍泽。

没有了猎犬鲍泽之后,老郊狼、狐狸雷迪和狐狸奶奶的胆子越来越大了,甚至在白天他们都敢在鸡舍周围转悠了。

一天,农夫布朗的儿子一边把老郊狼往外赶,一边说道:"你绝对知道猎犬鲍泽为什么不在这里。就是因为知道猎犬鲍泽不在,你才敢来这里晃悠。看来,我应该再养一条猎狗了,到时候,我看你还敢不敢如此大胆。"

不过,农夫布朗的儿子还没准备好另养一条狗,虽然他觉得猎犬鲍泽几乎不可能回来了,但他仍觉得没有哪条狗可以取代猎犬鲍泽。就算猎犬鲍泽回来的希望很渺茫,可还是有一种类似希望的东西让他割舍不下，所以他接受不了另一条狗。

现在，不管出去干什么，农夫布朗的儿子总会不由自主地往路边瞟两眼。虽然他对找回猎犬鲍泽已经不抱什么希望了，但他搜寻的脚步却一刻都没有停下。

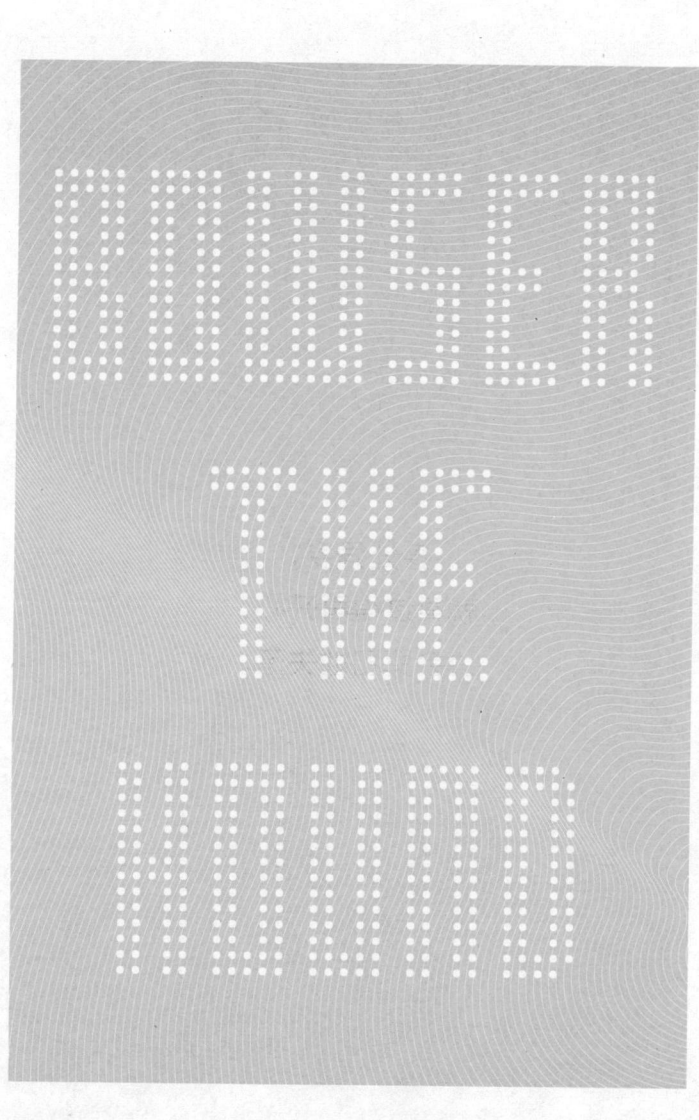

第十二章
猎犬鲍泽的大嗓门儿

身处异乡,
就算过得再开心,
也会莫名地失落。

每个人的声音都有所不同，包括狗在内的动物也是如此。猎犬鲍泽的声音响亮、浑厚、清晰，能传到很远的地方，因此，只要你之前听过他的叫声，再次听到他的声音时，你就一定能辨别出来。

迷路之后，当猎犬鲍泽奄奄一息地躺在别人家的门口时，那家好心人收留了他。然而，他们对他无微不至的关怀却使他陷入了温柔、善良的"牢笼"之中。

一般情况下，不追赶猎物的时候，猎犬鲍泽很少大声嚎叫。然而当猎物的气味变得浓烈时，他会狂吠不止。他叫得那么大声，以至于你会怀疑他还能不能呼吸。另外，有的时候，猎犬鲍泽还会因为思家心切而哀嚎。比如说，在那家人的院子里活动时，他会时不时地想起家乡，想起好久不见的布朗夫妇，想起自己的主人——农夫布朗的儿子。思乡之情抑制不住时，猎犬鲍泽便会高声嚎叫，他那伤感的声音会响彻整个森林。不过，就算猎犬鲍泽的声音再大，能传到很远的地方，除了乌鸦布雷奇之外，其他认识他的人类或动物也听不到他的声音。

乌鸦布雷奇知道猎犬鲍泽身在何处，他会经常飞去猎犬鲍泽所在的地方，确定猎犬鲍泽是不是仍然在那里。他不止一次地听到过猎犬鲍泽的高声嚎叫，也懂得那伤感的声音意味着什么。乌鸦布雷奇很纠结，是的，他有点儿左右为难。他很清楚猎犬鲍泽的处境，可是以他的能力，实在想不出办法来帮猎犬鲍泽。他坐在一棵大树的树冠上，抓了抓头，好像抓抓头就能想出法子似的。

他自言自语道："猎犬鲍泽想家了，可是他不认识回家的路，如果他尝试着回去的话，很有可能会像之前一样迷路的。还好，那家人对他的看管还算严，不允许他随便跑出去。另外，我也没办法把农夫布朗的儿子带到这里来，因为我们不懂彼此的语言，无法交流。唉，我能做的就是时不时地过去看看猎犬鲍泽。真希望他不要再那样叫了，他的叫声听起来真不舒服。是老郊狼让他陷入这种境地的，因此，老郊狼应该负责把他带回去。不过，我要是去找老郊狼帮忙的话，估计他会毫不犹豫地拒绝吧。无论如何，我还是得试试，试试又没什么坏处。"

于是，乌鸦布雷奇飞过格林森林，穿过老牧场，来到了农夫布朗家附近，试图寻找老郊狼。他往回飞的时候，猎犬鲍泽充满思乡之情和渴望回家的嚎叫声一直萦绕在他的耳边。

第十三章
乌鸦布雷奇搬救兵

他人倒霉时,
我们应伸出援手。

在回格林森林的路上，乌鸦布雷奇一直密切地留意着老郊狼的踪影。然而，直到快乐的、圆圆的、红彤彤的太阳公公落到紫山后面，夜幕笼罩格林森林时，他依然没有找到老郊狼。

夜幕降临后，乌鸦布雷奇便没有时间找老郊狼了，因为他从不在天黑后出门。你可能觉得，既然乌鸦布雷奇有一身黑色的羽毛，那么他应该十分喜欢黑夜才对。事实却正好相反，夜幕来临前，他一般都会回到他那隐秘、安全的窝里，早早睡觉。事实上，乌鸦布雷奇并不是害怕黑夜，而是害怕夜晚出门捕猎的猫头鹰胡提。乌鸦布雷奇很清楚，他是猫头鹰胡提的狩猎目标之一。

第二天早上,天气晴朗,乌鸦布雷奇飞向了老郊狼在老牧场的家。刚到那里,他就看见老郊狼正准备回家,看样子,昨天晚上他一直都在外面捕猎。于是,乌鸦布雷奇说道:"早上好啊,老郊狼,昨晚的收获一定不错吧!"

老郊狼抬起头,用他那犀利的目光看着乌鸦布雷奇,回答道:"晚上出去狩猎是常有的事,但并不是每次都能满载而归。一大早的,是什么风把你吹到这儿来了?我想你是在找早餐吧。"

乌鸦布雷奇是个聪明的家伙,他知道什么时候应该狡猾耍心眼儿,什么时候应该直率老实。现在当然要坦率了,于是,他说道:"我知道猎犬鲍泽在哪里,昨天我看见他了。"

老郊狼竖起耳朵,咧嘴一笑:"我还以为他死了呢,好久没有猎犬鲍泽的消息了,他还好吗?"

乌鸦布雷奇回答道:"好是相当好,但他过得不是那么开心。他想家了,我觉得,现在,猎犬鲍泽最大的难题就是他不知道回家的路。你不是喜欢奔跑嘛,干脆你和我一起去看一下猎犬鲍泽,然后把他带回家吧?"

听到乌鸦布雷奇的话,老郊狼扭过头去,放肆地大笑起来,整个山谷都回荡着他的笑声。

看到老郊狼那样放肆地大笑,乌鸦布雷奇就知道没有必要和他浪费时间了。老郊狼那疯狂的笑声,让乌鸦布雷奇觉得自己刚才就像是在对石头或树木说话一样,他知道,老郊狼压根儿就不想帮猎犬鲍泽。之前,老郊狼让猎犬鲍泽惹上了麻烦,现在,他非但没有一丝悔改之意,反而还因为听到了猎犬鲍泽无法回家而幸灾乐祸。

乌鸦布雷奇准备去找狐狸雷迪,他一边飞一边说:"老郊狼,你就是一个铁石心肠的罪人。"

老郊狼咧嘴一笑:"这可是他自找的,一有机会,他就全力追赶我。这回,他陷入麻烦了吧?就让他在那儿待着吧!"

没过多久,乌鸦布雷奇就找到了狐狸雷迪。时间太早了,狐狸雷迪还没完全睡醒呢。跟老郊狼一样,昨天晚上,他也一整晚都在外边捕猎。

乌鸦布雷奇说:"你好啊,狐狸雷迪,你的气色看起来真不错。你的红色皮毛是我见过的最漂亮的皮毛了,要是我有一身你这样的皮毛,绝对会骄傲得不行,不正眼瞧一下普通人的。不过,我很高兴你不是这种人,我最喜欢你的一点就是你从不会因为漂亮的皮毛而骄傲自大。这些话,我可从来没有对其他人讲过。"

狐狸雷迪坐了下来,把浓密的尾巴蜷起来盖住爪子以保暖,又把头抬起来,看向乌鸦布雷奇,似乎要看看他那黑色的脑袋里究竟在想些什么。狐狸雷迪想:"这个黑乎乎的家伙到底在想些什么呀?除非他有求于我,否则,他才不会这样恭维我呢。在格林森林里,这个黑家伙可是出了名的油嘴滑舌,他大老远来找我,肯定不是为了夸赞我漂亮的皮毛,嗯,他一定另有所求。"

狐狸雷迪大声回答:"早上好呀,乌鸦布雷奇。我承认我的皮毛非常漂亮,也许我看起来气色不错,但如果你能看到我皮毛下的东西的话,你就会看见,我的肋骨下面根本就没几两肉。坦白来说,我其实远没有看起来那么好。你才是一个幸运的家伙呢,因为你拥有一双翅膀,可以飞到很远的地方。狩猎时,你根本不用担心路途遥远什么的。哎呀,现在我都忘记我上一顿饭是什么时候吃的了。"

第十四章
高手过招

想要愚弄乌鸦布雷奇,
　脑子就得反应快,
这是永恒不变的真理。

当乌鸦布雷奇想得到一些东西的时候，他就会变得油嘴滑舌，用花言巧语来殷勤地取悦别人。整个格林森林和格林牧场里，再也没有比他更会奉承的动物了。奉承别人的时候，他的嘴里简直像抹了油一样。

如果说乌鸦布雷奇阴险狡诈的话，那么狐狸雷迪也是诡计多端，没有人会否认这一点。人们都知道狐狸雷迪也很机智，尽管有时候他也会犯错，然而，每个人都有犯错的时候啊。总的来说，狐狸雷迪是一个头脑清楚、敏锐机智的家伙。

此刻，狐狸雷迪非常确定乌鸦布雷奇想从自己这里得到些什么，不然他是不会说那些令人愉快的话的。

乌鸦布雷奇知道狐狸雷迪是怎么想的,也清楚如果想让狐狸雷迪帮自己的忙,就不能让他知道自己到底想做什么。

所以现在是这样一副景象:狐狸雷迪蜷缩在雪地上,用尾巴盖住脚来保暖,乌鸦布雷奇停在狐狸雷迪头顶的一棵小树上。他们正在暗自较量,是的,聪明的狐狸雷迪对战机灵的乌鸦布雷奇。狐狸雷迪试着搞清楚乌鸦布雷奇想干什么,同时,乌鸦布雷奇也在努力地猜想狐狸雷迪在想什么。他们都很享受这种暗斗,棋逢对手才分外精彩呀。

狐狸雷迪刚才说尽管他看起来气色不错,但其实他都忘了上顿饭是什么时候吃的了。听到他这样说,乌鸦布雷奇便假装狐狸雷迪在开玩笑,他说:"怎么可能呢,我还不知道你,只有猎犬鲍泽不狠命追你时,你才会感觉饥饿。哦,对了,我前几天还看见猎犬鲍泽了呢。"

听到乌鸦布雷奇这样说，狐狸雷迪立刻瞪圆了眼睛。不过，他很快又半闭上了眼睛，留下两条黄色的细缝。尽管只有那么一瞬间，但乌鸦布雷奇已经捕捉到了狐狸雷迪眼里的那种震惊和惊讶。"我前几天确实看到猎犬鲍泽了，除非我老眼昏花，否则我是不会认错的。狐狸雷迪，你愿意把他带回来吗？"

狐狸雷迪不假思索地回答道："我才不想呢，狗是那么令人讨厌，在这世上，猎犬鲍泽一点儿用都没有。"

乌鸦布雷奇俏皮地反问道："难道他不能把老郊狼赶走吗？"他知道，以前猎犬鲍泽经常帮狐狸雷迪赶走老郊狼。

狐狸雷迪假装没听见这句话，他说："我才不相信你看见猎犬鲍泽了呢！我不相信有人会再看到猎犬鲍泽，反正我不希望见到他。"

听到狐狸雷迪这样说，乌鸦布雷奇就知道他又没戏了，狐狸雷迪也不会帮他把猎犬鲍泽带回家的。

乌鸦布雷奇很聪明，不想让狐狸雷迪觉察到自己的目的是想找他帮助猎犬鲍泽。因此，他想：我能不能神不知鬼不觉地让狐狸雷迪帮这个忙呢。于是，他很快转换了话题："现在，农夫布朗家的母鸡怎么样了？"

狐狸雷迪抬起头咧嘴一笑："他们还和平时一样好，我能看出来，农夫布朗的儿子已经起疑心了，所以，晚上的时候，他会把鸡舍的大门锁得死死的，就连小巧的鼬鼠沙道都伸不进去鼻子。"

乌鸦布雷奇说道："农夫布朗的儿子和其他人可有点儿不一样呢。"在说这些话的时候，他的眼睛闪烁了一下，当然了，狐狸雷迪并没有察觉到这一点。

"怎么说？"狐狸雷迪好奇地问道。

乌鸦布雷奇回答道："是这样的，我知道啊，有一些人类会在白天的时候把母鸡放出鸡舍，让她们自由活动。你知道的,我经常飞来飞去,所以知道这些情况。那些母鸡看起来可真不错,她们恐怕是我见过的最肥的母鸡了吧。狐狸雷迪,你恐怕想象不到吧,有一些母鸡因为太肥都飞不起来了。"

听到乌鸦布雷奇的话,狐狸雷迪的眼睛里流露出了一种热切的渴望,嘴里也不由自主地流出口水来。不过,他还是尽量装作漫不经心地问道:"你说的那些母鸡在哪里呀?"

听到狐狸雷迪发问,乌鸦布雷奇把头侧向一边偷偷笑了一下。他继续说道:"我还没说完呢,那儿离这里可是很远呢,我想你应该没什么兴趣吧。"

狐狸雷迪说:"这可不一定哟,只要那地方值得一去,无论多远,我都不会放弃的。对了,你有没有注意到,那些肥鸡的附近有狗吗?"

乌鸦布雷奇装作没听见这句话,说道:"之前我就想把这件事情告诉你的,但是在空中飞的时候,我低头看看那些肥鸡,再想想你和你太太住的地方,我就发现,这中间的距离实在是太远了。"说完这些话,乌鸦布雷奇便飞走了。

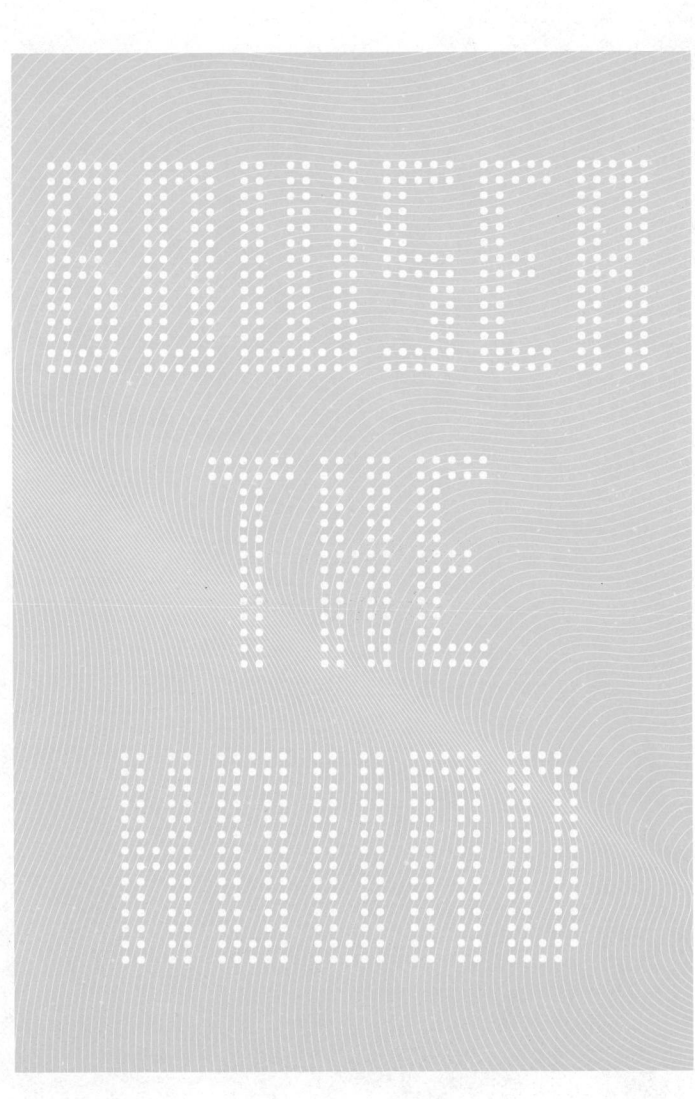

第十五章
狐狸雷迪的白日梦

想欺骗别人的人，
往往会被别人利用。

狐狸雷迪眼睁睁地看着乌鸦布雷奇越飞越远，越来越小，到最后就像一个小黑点一样消失在空中，之后，他满脑子想的便都是乌鸦布雷奇说的那些肥鸡了。越想那些肥鸡，他越觉得肚子饿，要知道，他可是很久都没吃饱过了。

最后，狐狸雷迪自言自语道："我决定了，不管那些肥鸡在哪里，不管她们离这里有多远，我都要找到她们。不知道乌鸦布雷奇是不是往肥鸡所在的那个方向飞去了，要是他真的往那边飞去的话，我应该跟着他走。可是，现在我根本不能确定呀，平日里，乌鸦布雷奇最喜欢到处乱飞了。唉，真想知道那些肥鸡在哪里呀！嗯，无论如何，我都要找到那些肥鸡并大吃一顿。"

说完这些话，狐狸雷迪不由自主地打了个哈欠，昨天晚上，他整晚都在外面捕猎，这会儿已经特别困了。一个人要想生活得好，保持健康的身体很重要，工作越辛苦，就越需要保持健康，而保持健康的一个重要条件就是拥有足够的睡眠。因此，这会儿，狐狸雷迪觉得，他最好还是先睡个觉，所以，很快他便蜷着身子进入了梦乡。

刚一闭上眼睛，狐狸雷迪就开始做梦了。刚才，他一直想着那些肥鸡，特别想吃上一只。日有所思，夜有所梦，于是，他真的梦到那些肥鸡了。这真是一个美梦啊，至少对狐狸雷迪来说，它是如此美妙。在梦里，一群圆滚滚的肥鸡围着他，她们是那么肥胖，都快走不动路了。她们就站在那儿，等着狐狸雷迪来抓，好像是专门来填饱狐狸雷迪饥肠辘辘的肚子的。

在现实生活中，狐狸雷迪从来没有过这样美妙的经历，但在梦中，他再也不用担心猎人可怕的猎枪和凶狠的猎狗了。在梦中，那一只只肥鸡唾手可得，因此，他只管抓啊、吃啊，直接吃到撑。然后，他便准备回家了，那些剩下的肥鸡就跟在他的后面，跟着他一起来到了他在老牧场的家。当狐狸雷迪醒来时，你可以想象他的失落。醒来之后，一只肥鸡都没有，而且他的肚子还是空空的，饿得咕噜咕噜直叫。

接下来的那天晚上，狐狸雷迪一边狩猎，一边不停地想着之前有关肥鸡的美梦。同时，他还在想：怎样才能让乌鸦布雷奇告诉自己那些肥鸡在哪里呢？

就在同一天，乌鸦布雷奇一整天也都在盘算着，怎样才能引诱狐狸雷迪到猎犬鲍泽所在的地方，把猎犬鲍泽引回来。他很聪明，知道要是自己急于促成此事的话，狐狸雷迪肯定会有所怀疑。一旦狐狸雷迪知道猎犬鲍泽就在那儿，他是绝对不会踏上征程的。

第二天一大早，就像前一天早上一样，乌鸦布雷奇停在了狐狸雷迪的家门口。这次狐狸雷迪在家，实际上，他一直在等着乌鸦布雷奇。当然了，他才不会让乌鸦布雷奇知道这件事情呢，因此，一看到乌鸦布雷奇飞来，他便立刻卧在门口，假装没有看到乌鸦布雷奇。

乌鸦布雷奇落在附近的一棵小树顶上，然后开口打了一个招呼："早上好啊，狐狸雷迪！"

狐狸雷迪慢慢地抬起头，做出一副虚弱无力的样子，用虚弱的声音说道："早上好啊，乌鸦布雷奇！"

乌鸦布雷奇用锐利的目光看着狐狸雷迪："你怎么了，狐狸雷迪？你看起来气色很差呀！"

狐狸雷迪长长地叹了口气，显得特别悲伤，说道："我感觉有点儿不舒服，以前我还从来没有感觉这么糟糕过。事实上，我……我……我……"狐狸雷迪欲言又止。

乌鸦布雷奇看着狐狸雷迪，殷切地问道："你究竟怎么了？"

狐狸雷迪虚弱地说道："我好饿呀，要是不能好好地吃一顿饭的话，我恐怕就要饿死了。你不知道，一直饿肚子是一件多么可怕的事情。"接着，狐狸雷迪连连叹气。

乌鸦布雷奇把头转过去，不让狐狸雷迪看到他那忽闪忽闪的眼睛。他清楚狐狸雷迪想干什么，才不会被狐狸雷迪骗呢。因此，当他扭过头来再次看向狐狸雷迪时，立刻换上了异常严肃、一本正经的表情。是的，就像狐狸雷迪努力地装可怜以博得他的同情一样，他也极力表现出非常同情狐狸雷迪的样子。

乌鸦布雷奇说道："狐狸雷迪，你这样说，我听了可真伤心呀。我能感同身受，因为我也饿过肚子，而且还不止一次。想想都觉得遗憾，你在这儿饿着肚子，而在远处，却有一群肥鸡正等着被抓呢。要是你的身子没这么虚弱的话,我肯定会带你去抓那些肥鸡的。"

狐狸雷迪虚弱地说:"不要……不要再提那些肥鸡了,能吃到一只鸡我就很满足了。另外,她们离这里真的很远吗?"

乌鸦布雷奇用力点了点头:"是的,她们离这儿非常远,我担心你的身子太虚弱,根本走不了那么远的路。要是你精力十足的话,那点儿路程根本不是问题,但对现在的你来说,那段路程就太长了。"

狐狸雷迪试探地说:"也许试一下也没什么不好的,与其在这里饿着等死,不如再出去尝试一次。再说了,我也不是那种轻言放弃的人。乌鸦布雷奇,我的好兄弟,你要是乐意告诉我那个地方在哪里的话,我至少会去尝试一下的。当然了,我跟不上你的速度,事实上,就算我体力充沛,恐怕也跟不上你。你不妨告诉我母鸡在哪个方位,这样我就可以不用给你添麻烦，自己去寻找了。"

狐狸雷迪焦灼地看着乌鸦布雷奇，而乌鸦布雷奇则假装陷入了沉思。最后，乌鸦布雷奇开口了："我的好兄弟狐狸雷迪，看到你这副样子，我真是看在眼里，疼在心上。这样吧，你知道的，我们乌鸦在飞向既定目标时，都是沿着一条直线飞行的，因此，我会笔直地往那个方向飞，你尽力跟着我吧。不过，因为你现在比较虚弱，所以我估计你要花好长时间才能到那里。在你前进的过程中，我抽空去找点儿东西吃。吃完东西，我会回来找你，接着为你引路。现在，我就要出发了，记得跟着我。"

狐狸雷迪慢慢站了起来，仿佛费了很大的力气似的。乌鸦布雷奇张开翅膀，飞向天空，呱呱地叫着鼓励狐狸雷迪。现在，乌鸦布雷奇心里正偷着乐呢："这一次，狐狸雷迪忘记问我那里是不是有猎狗了。我知道，他一定在庆幸自己成功地骗过了我。但他绝对想不到，实际上，是我在利用他。"

　　乌鸦布雷奇一飞走，狐狸雷迪就快速地跟了上去。从他奔跑的速度上，我们一点儿都看不出来他的虚弱无力。也对，他之前的虚弱都是伪装的，只是为了博取乌鸦布雷奇的同情。现在，他可是迫切地想找到那些肥鸡呢。

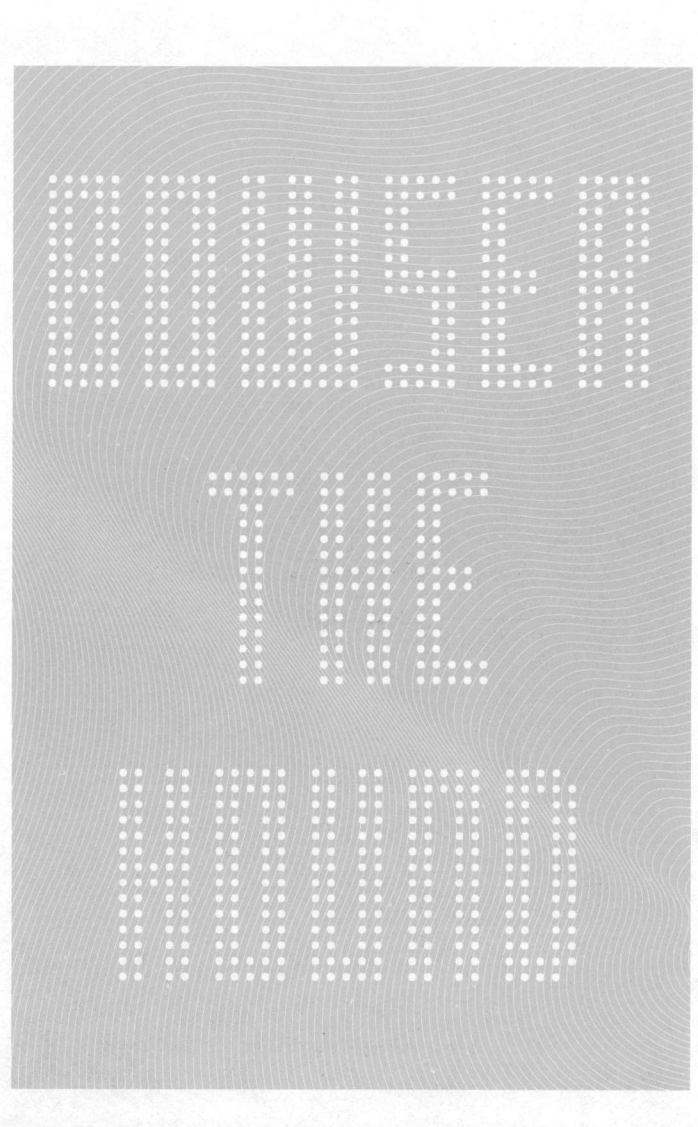

第十六章
乌鸦布雷奇演戏

管中窥豹,
只见一斑。

乌鸦布雷奇径直朝猎犬鲍泽所在的地方飞去，隔几分钟，他就会呱呱叫两下来鼓励跟在后面的狐狸雷迪，狐狸雷迪可赶不上乌鸦布雷奇的速度。时不时地，乌鸦布雷奇还会窃笑一下，因为他对自己的这次谋划十分满意。

之前一切顺利按照他的计划进行。接下来，他要做的就是带着狐狸雷迪到猎犬鲍泽所在的那个农院去。到时候，他希望狐狸雷迪能够捉住一只母鸡，然后那家的男主人放猎犬鲍泽来追狐狸雷迪。一看到猎狗，狐狸雷迪肯定会往家跑，而一看到狐狸雷迪，猎犬鲍泽肯定会紧追不舍，这样一来，猎犬鲍泽便能回到家了。

当然了，这个计划能否成功，首先取决于狐狸雷迪能不能抓到一只母鸡，还要看那家的男主人是不是会放猎犬鲍泽来追狐狸雷迪。只要狐狸雷迪能捉住母鸡，乌鸦布雷奇自有办法让那里的人类发现这件事。

乌鸦布雷奇最得意的是，狐狸雷迪还以为自己的骗术成功了呢。虽然狐狸雷迪之前装作很虚弱的样子，但乌鸦布雷奇知道狐狸雷迪可不是什么善茬儿，所以一有机会，乌鸦布雷奇就会停在一棵高大的大树顶上假装休息。其实，他这么做就是想看看后面的狐狸雷迪，因为他往前飞的时候看不到后面的情况。

不一会儿，正如他所期待的那样，远处出现了一个小小的红点。小红点移动的速度非常快，一点儿都看不出虚弱的样子。乌鸦布雷奇笑得嗓子都快哑了。红点越来越近了，也变得越来越大。慢慢地，狐狸雷迪把速度降了下来，还不时地停下来假装休息。看到这幅景象，乌鸦布雷奇再次大笑起来。他知道狐狸雷迪已经发现他在树稍上休息了，所以又开始演戏了。这本身就是一种游戏，乌鸦布雷奇乐在其中。

知道狐狸雷迪看见自己后，乌鸦布雷奇便再次展开翅膀，继续前行。刚才的情况又重演了，不过这一次，乌鸦布雷奇没有飞太远就停了下来，在那里等着狐狸雷迪。看到狐狸雷迪突然减速，再次装作一副虚弱无力的样子，乌鸦布雷奇忍不住笑了。这样玩儿太有意思了，乌鸦布雷奇甚至都忘了自己没吃早饭。

是的，乌鸦布雷奇非常得意，照这个样子，成功帮猎犬鲍泽回家不在话下，想到这儿，乌鸦布雷奇便高兴起来。更让他高兴的是，狐狸雷迪自以为骗过了他，其实是被他利用了。

快要到达那些肥鸡和猎犬鲍泽所在的农院时，乌鸦布雷奇再次停了下来等狐狸雷迪。过了好一会儿狐狸雷迪才出现，这一次，他跑得可不如刚出发时快了，要知道，这里距狐狸雷迪居住的老牧场真的很远。狐狸雷迪跑得很辛苦，现在，他已经迫不及待地想要抓只肥鸡了。

乌鸦布雷奇远远地看到狐狸雷迪跟上来了，于是，他藏在了一棵枝叶茂密的松树后面。这一次，狐狸雷迪没有发现他。实际上，在此之前，乌鸦布雷奇已经把狐狸雷迪甩出好远了，狐狸雷迪早就看不到他了。此时，狐狸雷迪小跑着，累得舌头都伸出来了，气喘吁吁的。乌鸦布雷奇正要开口说话，狐狸雷迪突然停了下来，他一动不动的，好像突然被冻住了一样，另外，他还竖起尖尖的黑耳朵，头微微偏向一侧。原来他在搜寻乌鸦布雷奇的声音，他觉得乌鸦布雷奇就在前面呢。

狐狸雷迪站在那儿，全神贯注地听着。乌鸦布雷奇低头看着狐狸雷迪，锐利的眼睛一眨一眨的。突然，狐狸雷迪一屁股坐在了地上，他的神情也变了，乌鸦布雷奇知道狐狸雷迪起疑心了。狐狸雷迪的确开始怀疑乌鸦布雷奇了,他觉得自己被乌鸦布雷奇耍了,虽然跑了这么远,但这里根本没有什么肥鸡。

乌鸦布雷奇偷偷地笑了,没发出一点儿声音,不到最后时刻,他不想出现。狐狸雷迪逐渐变得焦躁不安起来,乌鸦布雷奇知道,自己不得不出现了。于是,他开口说道:"狐狸雷迪老兄,你看起来好多了呀,真不好意思,让你等了那么久,你可要原谅我啊,我没想到你这么快就跟上来了。早上见到你时,你看起来还很虚弱,我真没想到你能跑得这么快。"

一听到乌鸦布雷奇的声音,狐狸雷迪便倏的一下子站了起来,好像屁股被刺扎了一样。他知道没有必要再装下去了,便说道:"是呀,我感觉好多了,一想起那些肥鸡,我浑身就有劲儿了。你刚才是不是说那些肥鸡就在附近?"

"我没说,但——"乌鸦布雷奇还没把话说完,不过他也没必要说完了。因为就在一个小沼泽的另一边，一只公鸡正在鸣叫，答案已经不言而喻了！狐狸雷迪黄色的眼睛闪烁不已，立刻兴奋了起来。

　　乌鸦布雷奇说："看，我没骗你吧？"

　　狐狸雷迪点了点头。

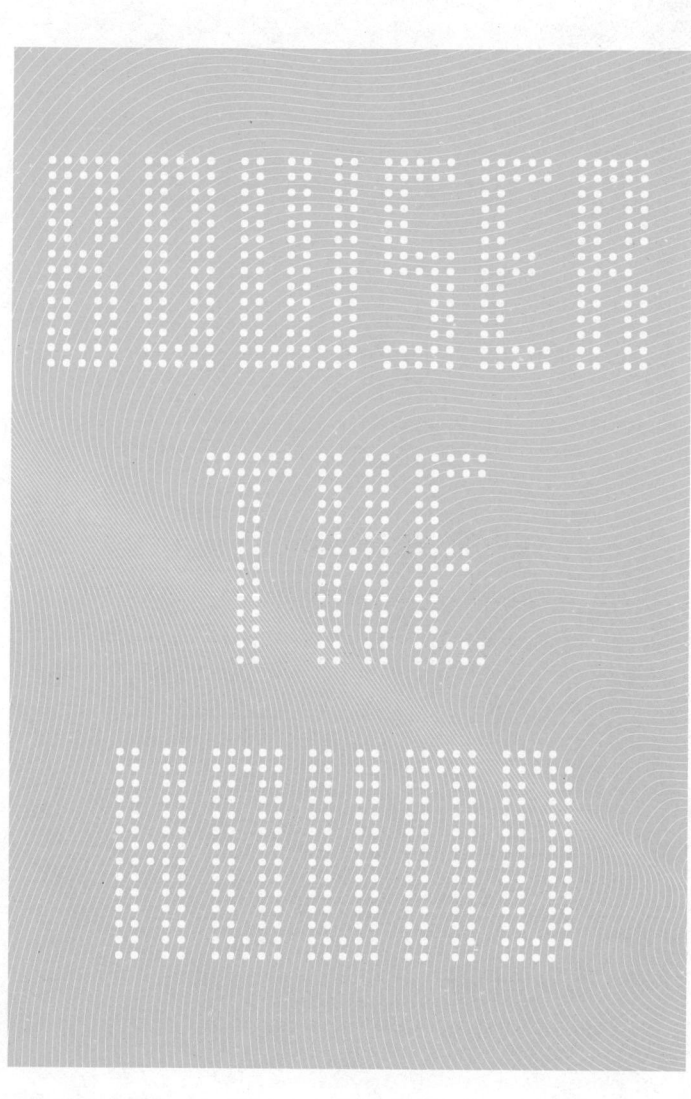

第十七章
狐狸雷迪不打算鲁莽行事

耐心做事难能可贵,
可能出自正确的思考,
也可能由于害怕与恐惧。

一听到沼泽那边鸡叫的声音,狐狸雷迪就像换了个人似的,那可绝不像一个刚长途跋涉完、筋疲力竭的人该有的样子。虽然是乌鸦布雷奇把他带到这里来的,但狐狸雷迪没有再看乌鸦布雷奇一眼,也没有说声谢谢,甚至没有停下来观察一下周围的情况,就那么两眼直勾勾地看着前方,匍匐着身子向前爬去。

狐狸雷迪轻手轻脚地前进着,没有发出一点儿声音。很快,他就来到了沼泽的另一边。接着,他继续匍匐在雪地上,利用一个接一个的灌木丛作掩护,悄悄地往前爬去,爬到沼泽边的一棵倒下的树干旁。最后,他卧在地上,从树干尾部开始窥视前方。

狐狸雷迪眼前的景象正如乌鸦布雷奇所说的那样：不远处有一个庭院，一只大公鸡正趾高气昂地在院子里走来走去，守护着一群母鸡。这里的母鸡果然与农夫布朗家的情况不同，农夫布朗家的母鸡一直被锁在鸡舍里，而这里的母鸡呢，有些在鸡棚的门口晒太阳，有些在四处闲逛，时不时地低头吃地上的食物，还有几只在牛棚里的稻草堆里刨来刨去。在牲畜棚里，一匹马正跺着脚，不远处的房间里，则传出了女人唱歌的声音。

狐狸雷迪很警觉地四下观望，看看周围有没有猎狗。最终，他没有发现猎狗的踪影，他知道，如果这里有猎狗的话，那么猎狗应该在牲畜棚或房子里。另外，狐狸雷迪能看得出来，还没有狐狸来抓过这里的母鸡，因此，他真想立刻冲过去捉住一只母鸡大吃一顿。但他没有，狐狸雷迪很聪明，也很谨慎，在不能确保安全之前，他是不会擅自行动的。

对这里的情况有了一个大概的了解后，狐狸雷迪便平卧在树干后面。如果我们从树干这边看过去的话，几乎发现不了他，只能隐隐约约地看到他的鼻子和眼睛。他正在思考着最好的方案，看这里的情况，他能够轻松地捉到一只肥鸡，然而，他想多抓几只。

你们还记得吧，早上的时候，他想着抓一只母鸡就足够了，但现在，他想抓更多的母鸡。要是他鲁莽行事的话，在抓了一只母鸡后，其他受惊的母鸡肯定会乱作一团的，那只大公鸡也会立刻开始鸣叫，这样一来，房子里的人类就会闻声而来。所以，他现在要做的就是耐心等待，等待一个时机，等待一个抓一只肥鸡而不惊动那只大公鸡和其他母鸡的时机。这样的话，他就能多抓几只母鸡了。

在格林森林里和格林牧场上，小动物们在学习狩猎时，首先要学会的便是有耐心。学会这点可能要花费很长时间，但这是他们必须学的本领。狐狸雷迪很早就学会这点了,他知道,要不是自己做事有耐心,好多事都做不成。年轻的时候,他经常因为没有耐心而失去捉到猎物的机会。狐狸雷迪缩在树干后面,看着那些肥鸡在不远处毫无戒心地走来走去,那个时候,他觉得自己从来没有这样饿过,他真想立刻冲过去抓一只母鸡,找个地方大吃一顿。但狐狸雷迪知道,要是他这样做了,那只公鸡和那些母鸡都会尖声大叫,房子里的人类就会冲出来。如果那些人类发现了他,他就抓不到其他母鸡了。狐狸雷迪在等一个好机会,并且当这个机会出现时,他一定会抓住这个机会的。

狐狸雷迪知道,只要他能在不惊扰那只公鸡和其他母鸡的前提下抓到一只母鸡,那他就还有机会抓其他的母鸡,因此,尽管狐狸雷迪饥肠辘辘,吃鸡心切,但在谋划着怎么抓母鸡时,他还是坚持着一动不动。后来,他小心翼翼地溜到牛棚的后面,在那里,一些母鸡正在牛棚里的稻草堆上刨食。牛棚外面有一堆旧木板，狐狸雷迪匍匐前进到木板后面。然后，他蜷缩着身体，耐心地等待着。他知道，迟早会有一只母鸡从牛棚里出来，这样他就能抓到那只跑出来的母鸡，而且不会惊动那只公鸡和其他的母鸡。

乌鸦布雷奇坐在一棵高大的树冠上，下面的一切他都尽收眼底。正当狐狸雷迪在下面耐心地等待机会时，乌鸦布雷奇却变得烦躁不安。他有点儿疑惑地自言自语道："狐狸雷迪为什么不冲过去抓只鸡呢？他到底怎么了？可能是害怕了吧。明明可以不费吹灰之力便抓到一只母鸡，他却在那里躺着，好像在等哪只母鸡自己跑到他肚子里一样。我可不想一整天都站在这里，但他不抓鸡的话，我什么也做不了。"

就这样，狐狸雷迪耐心地等待着，乌鸦布雷奇焦躁不安地等待着，那些鸡毫无戒心地散着步，过了好久都没有任何事情发生。

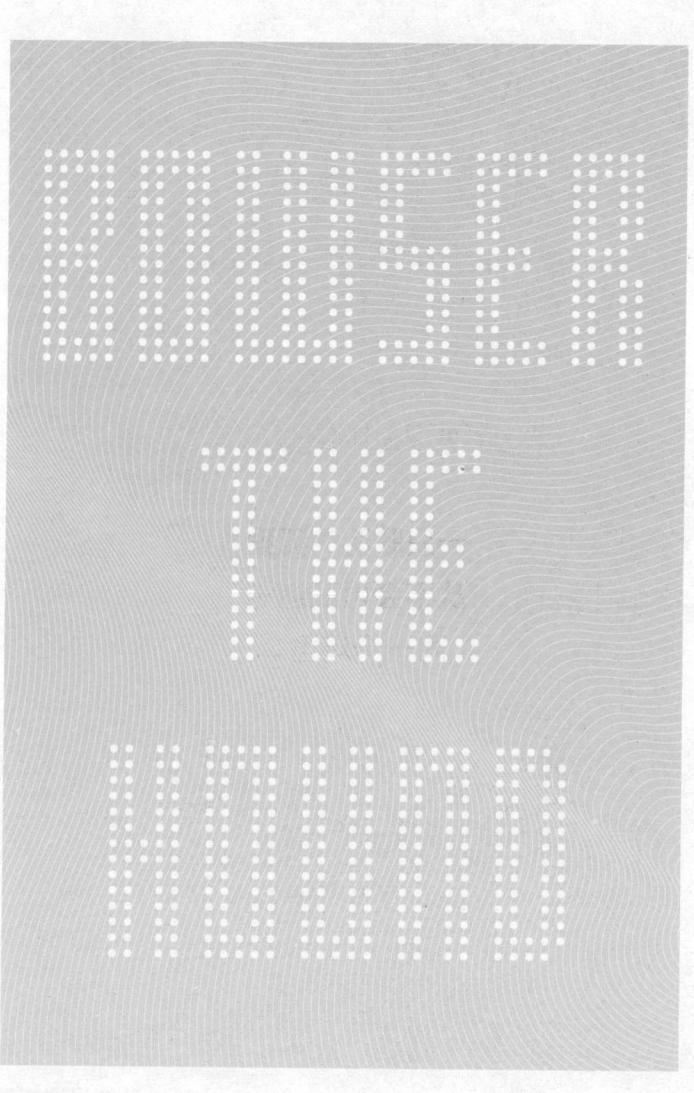

第十八章
抓到鸡却来不及吃

一只聪明的狐狸
从不会再三造访
同一个鸡舍。

快乐的、圆圆的、红彤彤的太阳公公挂在蓝蓝的天上，俯视着地面。万物都跟往常一样平静：烟囱里的烟徐徐地飘向天空；牛棚的院子里，几头牛正在反刍，这是他们每天必做的事；六七只肥鸡在牛的周围走来走去，在稻草堆里刨食；庭院外面，牲畜棚的前面也有一大群肥鸡；牛舍外面，木板堆的后面有一个红点，不远处一棵大树冠上还有一个黑点。慢慢地，一只肥鸡走向牛棚的栅栏，跳到了低一点儿的栏杆上。她在那里站了会儿，然后决定要去看看外面的世界。于是，她跳了下去，向那堆木板走去。突然之间，事情就发生了：木板后面的红点突然复活了一般，纵身一跃，一口咬住了那只母鸡的脖子，可怜的母鸡甚至没来得及叫一声。与此同时，高树顶部的黑点也活跃了起来，他飞到牲畜棚的房顶上，扯开嗓子"呱！呱！呱！"地尖叫，当然了，如果你了解整件事情的来龙去脉的话，你就会知道他在喊"狐狸！狐狸！狐狸！"

听到乌鸦的叫声，屋子的房门打开了，一个男人走了出来，他的身后跟着一条猎狗。这个男人抬头看了看乌鸦布雷奇，他知道牲畜棚后面一定发生了什么事，于是，他立刻带着猎狗向那里跑去，准备一探究竟。

狐狸雷迪当然也听到人类赶来的脚步声了，他愤怒地朝乌鸦布雷奇咆哮了一声，然后快速地用嘴巴叼起那只母鸡，以最快的速度向沼泽跑去。快要跑到沼泽边的时候，狐狸雷迪听到身后传来一阵熟悉的叫声，他听出来了，这是猎犬鲍泽的叫声。在身后追他的肯定是猎犬鲍泽，因为没有谁的声音和猎犬鲍泽一样。沮丧的情绪在狐狸雷迪心里燃起，他知道一般的小把戏根本逃不过猎犬鲍泽的眼睛，必须绞尽脑汁来甩掉他。而这样的话，他就必须扔掉这只来之不易的母鸡。

狐狸雷迪陷入了困境，没错，聪明的他确确实实身处困境！他长途跋涉抓了只母鸡却来不及吃，因为猎犬鲍泽正在追赶他。平时，狐狸雷迪可比猎犬鲍泽跑得快，但带着只肥鸡跑和空着手跑可是两码事。

狐狸雷迪快速奔跑着，同时，他的脑子也在飞速地转动："带着这只母鸡我是跑不远的，猎犬鲍泽肯定能抓住我。虽然我不想丢掉这只母鸡，这可是我大老远跑来抓到的猎物啊，要是扔了，天知道什么时候才能再抓一只，但现在，我不得不先把她藏起来，等我摆脱了那只讨厌的猎狗后再回来取。天哪，他的叫声可真吵！"

狐狸雷迪一边跑，一边留意哪里可以把口中的母鸡藏起来。他必须马上找个能藏母鸡的地方，因为他感觉那只母鸡越来越沉了。没过一会儿，他便发现了一个空心树桩,当然了,刚看到树桩时,他并不确定里面是空心的,但从外面来看,那应该是个空心的树桩。树桩只有两英尺高,于是狐狸雷迪停在树桩旁,后脚踩了踩上面,立起来,想看看里面是不是空心的。呀,这的确是个空心树桩,于是,他快速地扫视了一下周围,看周围是不是有其他动物,然后,他便把那只母鸡扔进树桩里,松了一口气,继续向前飞奔。

放下了肥鸡后,狐狸雷迪的身体和内心都轻松了一大截,这下,他可以全心全意地奔跑以摆脱猎犬鲍泽了。他并不想跑得太远,因为从早上到现在,他已经跑了很远的路程了,这会儿,他实在不想跑了。另一方面,他想尽快回来取那只母鸡。

但很快,狐狸雷迪就意识到,想要摆脱猎犬鲍泽可不是那么容易的,通常情况下,他的小诡计是骗不了猎犬鲍泽的。他尝试了各种小把戏,比如说来回跑着绕圈子,以此来混淆自己的踪迹,或者沿着一棵倒下的树跑，尽量从它的底部穿过去。然而，猎犬鲍泽只要用鼻子在地上闻一闻，就能立刻判断出狐狸雷迪的去向了。

狐狸雷迪对那个村庄一点儿都不熟悉，渐渐地他明白了这意味着什么了。在他生活的那个地方，他对每一个地方都了如指掌，这样一来，他就知道怎样借助地形使出浑身解数，而现在，因为不熟悉这里的情况，他只能不停地奔跑，这让他的处境大为不同。

第十九章
团聚的喜悦

世界上最甜蜜的声音,
就是你爱的人发出的声音。

猎犬鲍泽

吃过午饭,农夫布朗的儿子给马套上了雪橇,准备出去转一转。他这次前进的方向正指向猎犬鲍泽之前所待的地方,也就是狐狸雷迪去抓母鸡的地方。这一次,虽然农夫布朗的儿子也打算去寻找猎犬鲍泽,但他并没有抱什么期望,因为在此之前,他已经搜寻了自己所能前往的所有地方,却始终不见猎犬鲍泽的踪影。

那天的天气非常适合滑雪橇,于是,农夫布朗的儿子愉快地吹起了口哨,滑起了雪橇,他可是很喜欢滑雪橇的。突然,他听到右方田野边的路上传来了狗叫声。很快,他就被这种声音吸引住了,他知道,那是猎犬追赶狐狸时发出的叫声。听到那个声音后,他感觉自己全身都热血沸腾了,为了能更加仔细地聆听那个声音,他让马停了下来,自己也停止了吹口哨。

最开始的时候,那个声音非常微弱,慢慢地,声音变得越来越大,越来越清楚。突然,农夫布朗的儿子兴奋地跳了起来,大声喊道:"是猎犬鲍泽!绝对是猎犬鲍泽!错不了的,我一听就知道这是他的声音!"

于是,农夫布朗的儿子从雪橇上跳了下来,把马拴在一边。接着,他爬过栅栏,穿过积雪覆盖的田野,然后,他分辨出猎犬鲍泽声音传来的方向,再根据此地的地形,推断出了狐狸雷迪要把猎犬鲍泽引向哪里,最后,他向狐狸雷迪必经的一个地方跑去。

猎犬鲍泽的叫声越来越大,农夫布朗的儿子跑得也越来越快,他想赶在猎犬鲍泽之前到达那个地方。他也越来越肯定,发出叫声的那条猎狗就是猎犬鲍泽,他的心中充满了喜悦。最后，他来到了一条大路上，他确定狐狸雷迪肯定会从这条路经过，于是，他藏在了路边的一块石头后面。

没过多久，一个飞驰的红色影子便出现在了这条路的一个拐角处，那正是狐狸雷迪。突然，狐狸雷迪停了下来，他要听一听猎犬鲍泽的声音，判断一下猎犬鲍泽在哪里。听了一会儿之后，狐狸雷迪继续向前飞奔，正好从农夫布朗的儿子身旁经过。当然了，他绝对想不到农夫布朗的儿子正在那里看着自己。

几分钟后，又一个影子出现在了拐角处，是猎犬鲍泽！没错，那正是猎犬鲍泽！一看到猎犬鲍泽，农夫布朗的儿子高兴地大叫一声，从石头后面跳了出来，向猎犬鲍泽跑去。

猎犬鲍泽一旦开始追赶狐狸雷迪，很难有什么事让他放弃，他是如此热爱狩猎，没有什么能让他停下追赶的脚步。

可是，这一次，有那么一瞬间，猎犬鲍泽真的忘了自己是在追狐狸雷迪。在沿着那条大路追赶狐狸雷迪时，他是那么认真地嗅着狐狸雷迪留下的气味，以至于他没有提前发现农夫布朗的儿子，等他发现自己的主人时，他们几乎要迎面相撞了。猎犬鲍泽愣了那么几秒钟，之后，缓过神来的他高兴坏了。他用最原始、最滑稽的方式表达了他的兴奋，他又是尖叫，又是哀鸣，又是哭嚎，跳着扑向农夫布朗的儿子，几乎将自己的主人扑倒在地。然后，他又不停地围着农夫布朗的儿子转圈圈。最后，当他安静下来时，农夫布朗的儿子伸出胳膊，紧紧抱住了他，抱得是那么紧，以至于猎犬鲍泽几乎喘不过气来，这是激动的拥抱啊。于是，这个世界上最高兴的人类和最高兴的猎狗便一起回到了积雪覆盖的田野，走向雪橇和马所在的地方。

其实，感到高兴的不仅仅是猎犬鲍泽和农夫布朗的儿子，还有狐狸雷迪，因为猎犬鲍泽不再追赶他了。

之前，为了甩掉猎犬鲍泽，狐狸雷迪是处心积虑，想尽了各种办法，但最后，猎犬鲍泽依然能够发现他的踪迹，为此，狐狸雷迪忧虑重重。可以说，在此之前，他正想着要不要直接跑回远处的老牧场，放弃他藏在空树桩里的那只母鸡。

当狐狸雷迪听到猎犬鲍泽的尖叫和哭嚎声时，他知道一定发生了什么事情，但他想象不到究竟发生了什么。于是，他坐了下来，竖起耳朵仔细倾听，结果，他听到了农夫布朗的儿子发出的声音。一瞬间，他咧开嘴笑了，心里别提有多高兴了，因为他知道猎犬鲍泽不会继续追赶自己了，自己就能去取那只母鸡了。但与此同时，他心里又多了一丝忧虑，因为他知道猎犬鲍泽就要回家了。

狐狸雷迪立刻小心翼翼地折返到一个地方，一个能看到农夫布朗的儿子和猎犬鲍泽的地方。他看到农夫布朗的儿子正向雪橇走去，猎犬鲍泽像一只愚蠢的小狗一样,在农夫布朗的儿子身边又蹦又跳,围着转圈。

等了一会儿之后,当狐狸雷迪确定猎犬鲍泽不会再回来继续追赶他时,他便返身去找那个空树桩,想取回那只母鸡。现在,狐狸雷迪无比喜悦,因为他满脑子想的都是那顿美味的晚餐。

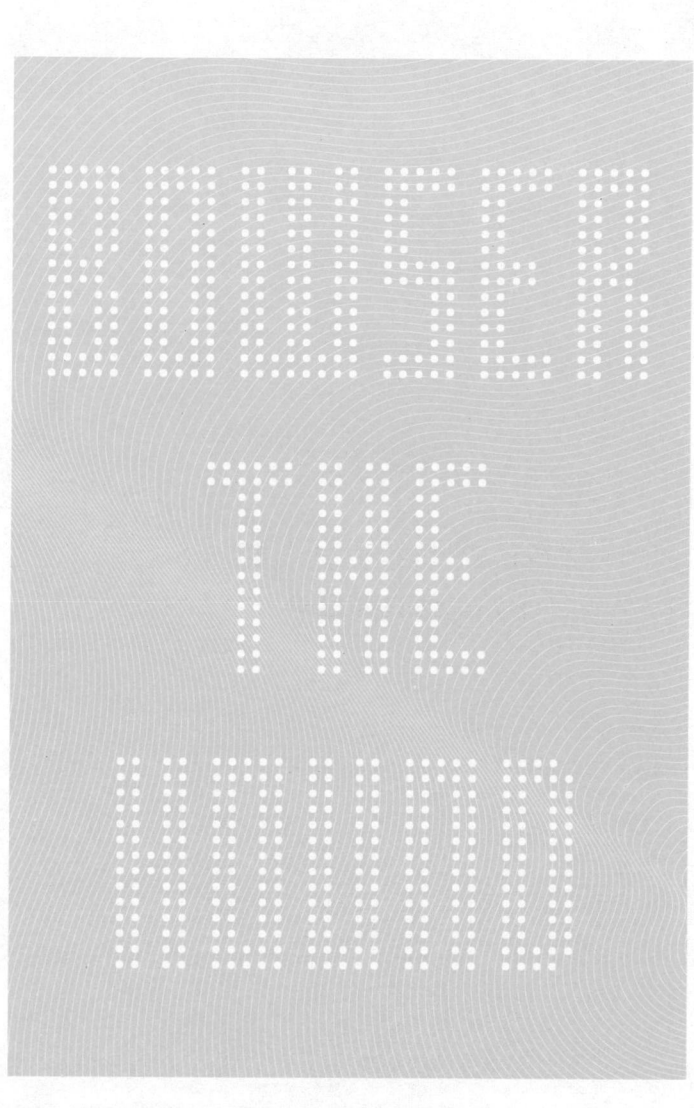

第二十章
晚餐消失了

与其浪费时间去找丢失的旧猎物,
还不如重新去捕捉一个新猎物。

狐狸雷迪满心欢喜地往那个空树桩跑去，想要取回那只母鸡。在路上，他非常开心，因为他觉得自己将吃到一顿最美味的晚餐。你知道的，这段时间里，他经常找不着东西吃，所以对他来说，饿肚子已经是司空见惯的事情了，他是真的不知道上次吃饱是什么时候了。为了抓这只肥鸡，他大老远跑来，已经好几个小时没有吃东西了。这会儿，不管吃点儿什么，他都会觉得那是无上的美味，而一只肥鸡肯定会让他胃口大开的。

就这样，狐狸雷迪一边想着即将到口的晚餐，一边飞快地跑着。很快，他便跑到了空树桩所在的那个小沼泽附近。越是接近空树桩,他越是小心,因为他不能确定周围是否安全。他知道,那个农夫看见他偷走了一只鸡,所以他害怕那个人类现在正拿着一把猎枪,藏在附近等着他。狐狸雷迪认真地观察着周围,竖起耳朵来仔细聆听周围的动静,灵敏的鼻子也使劲地嗅来嗅去。一切看起来都没什么异样,小沼泽很宁静,好像没什么人来过。虽然如此,狐狸雷迪仍然是每走几步就停一下,仔细观察、聆听、抽动鼻子,小心翼翼地、慢慢地接近了那个空树桩。

最后,在确定没有什么危险后,狐狸雷迪才轻快地跳上了树桩,从上面往里面看去。突然,他的眼睛接连眨巴了好几下,脸上出现了一种不可思议的、惊讶的神情。树桩里没有母鸡,什么都没有!狐狸雷迪简直不敢相信自己的眼睛!他也不愿意相信眼前所见!这个树桩里应该有一只母鸡的呀!他又使劲眨了眨眼睛,仔细往里面看了看。里面只有一根孤零零的羽毛，那只母鸡真的不见了，狐狸雷迪没有晚餐了。狐狸雷迪暴跳如雷，因为有人偷了他的晚餐！

狐狸雷迪焦躁不安地、快速地在四周巡查了一番，最终，他也没有发现其他动物来过的痕迹。之后，他的气愤便转变为惊愕，又慢慢变成恐惧。谁能不留痕迹地拿走那只母鸡呢？一只断了脖子的母鸡怎么就凭空不见了呢？狐狸雷迪越想越害怕。

狐狸雷迪已经习惯了各种奇怪的事情，他是个聪明的家伙，一般也不会因为这些怪事而疑惑太久。然而，这一次，狐狸雷迪绞尽脑汁也想不出个所以然来，树桩里的那只母鸡就这样莫名其妙地消失了。

最开始的时候，狐狸雷迪想：可能是那个农夫发现了那只母鸡，把她带走了吧。但他用自己灵敏的鼻子认真地嗅了嗅树桩的里里外外，根本没有发现人类的气味。然后，他又从树桩上跳了下来，使劲地闻了闻周围的地面，也只是闻到了猎犬鲍泽的气味。不过，他知道，不可能是猎犬鲍泽拿走了母鸡，因为猎犬鲍泽一直在不停地追赶自己。

狐狸雷迪开始对那个树桩产生一种恐惧，人们一般会对不可思议的事情产生恐惧心理。一只断了脖子的母鸡不翼而飞，而且没留下任何痕迹，这当然是一件不可思议的事情了。狐狸雷迪在树桩的不远处坐了下来，绞尽脑汁地思考着到底发生了什么。他仔细观察着周围，甚至连树顶都扫视了一番，依然没有任何收获。一切都是那么不可思议，要不是他确定自己是清醒的，他都会觉得这完全就是一场梦。

不过有时候，狐狸雷迪就像一个哲学家，他想，既然那只母鸡已经不见了，再浪费时间为此烦恼也只是徒劳，那里还有很多母鸡，与其浪费时间思考那只母鸡为什么消失，还不如抓紧时间再去抓一只呢。

因此，狐狸雷迪穿过沼泽，来到了沼泽边上。在那儿，他闻到了那个农夫的气味，很快，他就推断出，那个农夫曾经跟着猎犬鲍泽来过这儿，不过后来他又回去了。狐狸雷迪在那里查看了一番，试着寻找那些母鸡，但他发现，那些母鸡都不见了。不过这些母鸡不见了并不是什么不可思议的事情，因为鸡舍那边传来了大公鸡的鸣叫声，原来是那个农夫把那些母鸡关起来了。那个农夫害怕狐狸雷迪再来抓母鸡，所以干脆把那只大公鸡和所有的母鸡都关进了鸡舍里。对于那个农夫这样的做法，狐狸雷迪并没有太过惊奇，他只是失望地叫了两声，然后转过身去，朝树林里跑去。

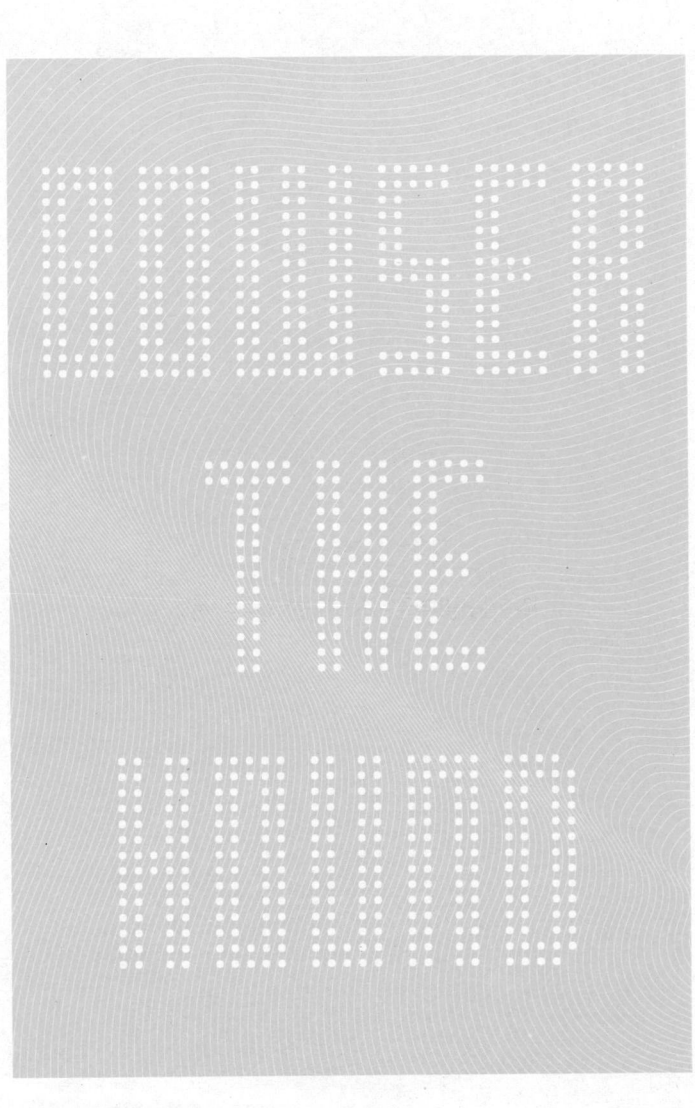

第二十一章
谁是偷鸡贼

只要上下求索,
再难的问题也会变得容易。

有两个动物知道藏在树桩里的母鸡为什么会消失，其中一个便是乌鸦布雷奇。当时，他正飞到一棵高树上兴奋地叫着，看着农夫和猎犬鲍泽从屋子里冲了出去。事情正如他所期待的那样，只要猎犬鲍泽能够一直追赶狐狸雷迪，迟早会被带回农夫布朗家的。

乌鸦布雷奇非常高兴，他既为自己想出的这个帮猎犬鲍泽回家的办法得意，又因自己比狐狸雷迪聪明而骄傲。当然了，他也不希望狐狸雷迪受到伤害，不过呢，其实也没有什么动物能伤得了狐狸雷迪。他甚至希望狐狸雷迪不要失去那只母鸡，毕竟那可是狐狸雷迪跑了这么远的路抓到的。不过，即便狐狸雷迪失去了那只母鸡，乌鸦布雷奇也不会多么在意的，他所在意的只是自己的计划能否圆满完成。

看到狐狸雷迪叼着母鸡逃跑时，乌鸦布雷奇自言自语道："真不知道狐狸雷迪会怎样处理那只母鸡，如果他叼着母鸡逃跑的话，根本甩不开猎犬鲍泽，因此，我要跟着他，看他怎样处理那只母鸡。"

于是，乌鸦布雷奇偷偷地跟着狐狸雷迪。当他看到狐狸雷迪把那只母鸡藏在树桩里时，他的眼睛闪闪发光。他知道，不管猎犬鲍泽追着狐狸雷迪跑多远，狐狸雷迪都会回来取这只母鸡的，当然了，他也希望狐狸雷迪能享用到这顿美餐。

乌鸦布雷奇想："基本上没有什么动物能看到树桩里面的母鸡，我也不会把这件事情告诉任何人的。现在，狐狸雷迪已经有晚餐了，我也要去找点儿吃的东西了。"

就在那时，乌鸦布雷奇锐利的眼睛瞥到了一个灰影，那个灰影有一双宽大的翅膀。乌鸦布雷奇十分恐慌，快速地飞到了不远处一个枝叶茂密的云杉树上，藏在浓密的枝叶后面。出于恐惧，他的身子微微颤抖，不过，他的眼睛依然紧盯着那个灰影。那个灰影停在了空树桩上，把锋利的爪子伸进了树桩里面，片刻之后，灰影便带着那只母鸡消失了。

看到那个灰影飞远，乌鸦布雷奇才深深地松了一口气。他喃喃自语道："幸好苍鹰这个小偷看到了狐狸雷迪藏的那只母鸡，不然的话，他可能就会把我抓走做晚餐的，我之前压根儿就没发现他。狐狸雷迪是很不幸，因为他捉到的晚餐被苍鹰偷走了，但对我来说，我真是太幸运了，竟然因此而逃过一劫。"

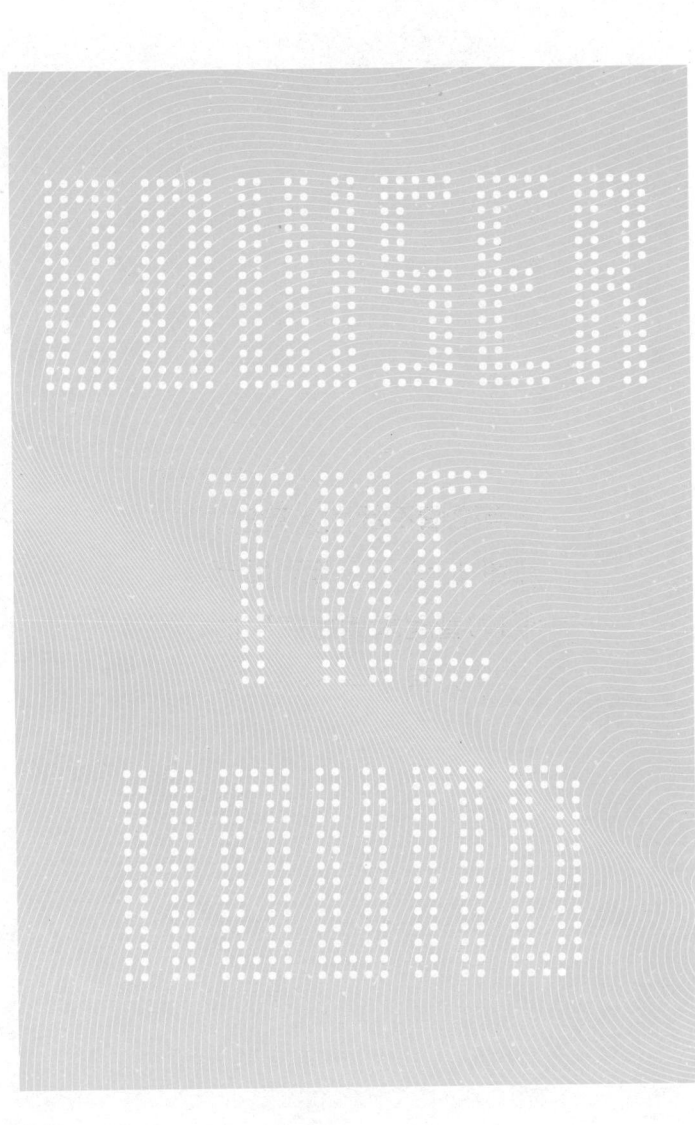

第二十二章
结果好,一切都好

当事情不尽如人意时,
我们应该耐心等到最后,
因为看起来糟糕的事情,
也许会有个美好的结局。

肚子空空如也的狐狸雷迪向家跑去，他的心中充满了苦涩，现在，他又累又饿，沮丧万分。因为不熟悉那个村庄，所以他不知道去哪里捕猎，但现在，他又必须去找点儿吃的东西。到最后，他还是忍不住想起了那只神秘消失的母鸡，越想这些，他越感觉不舒服。饥肠辘辘，还不知道下顿饭在哪儿，这已经很糟糕了，原本到手的猎物又丢了，这比之前的情况还要糟糕一万倍。对狐狸雷迪来说，所有的事情都糟糕透了。

在回家的途中，他要经过几个农院，饥饿让他的胆子变大了，每经过一个农院，他都会尽可能地溜到农院边上，看能不能找到些毫无防备的母鸡。其中一个农夫正在准备带一些母鸡去第二天的早市,这会儿,他已经挑了些母鸡出来,在把她们杀死拔毛后,便将其放到了鸡舍旁的小屋子里。忙了一会儿之后,他就被人叫到房子里去了。

  那个人刚离开,狐狸雷迪就偷偷摸摸地来到鸡舍后面,立刻闻到了鸡肉的香味。他朝小屋子里看去,那些死去的母鸡好像在等着他,你能想象出那时狐狸雷迪的感觉吧。两分钟后,狐狸雷迪带着一只母鸡回到了森林里。这次没有猎狗追赶他,因此,来到一块空地上后,他便迫不及待地享用了这只美味无比的肥鸡,因为这只母鸡的鸡毛已经被拔了,所以狐狸雷迪吃起来非常顺利。咽下最后一口鸡肉后,狐狸雷迪心满意足地往家走去,这一次,他的肚子终于填饱了。

  狐狸雷迪回到老牧场前,农夫布朗的儿子和猎犬鲍泽早就回到家了。因为猎犬鲍泽的归来,农夫布朗一家很高兴,他们决定犒劳一下猎犬鲍泽——被宠溺、幸福包围的猎犬鲍泽简直是这个世界上最快乐、最幸福的狗了。

快乐的、圆圆的、红彤彤的太阳公公下山之前,乌鸦布雷奇也回到了格林森林,并填饱了肚子。当乌鸦布雷奇回到自己的窝里时,他听到了农夫布朗的房子里传来了猎犬鲍泽高兴、满足的叫声。乌鸦布雷奇满足地笑了——他也非常高兴,因为自己的计划实现了。

最后,在困倦地闭上眼睛之前,他咕哝道:"结果好,一切都好!"